JEFF MAXIAN /
ERICH WEIDINGER (Hrsg.)

Sissis Seitensprünge
& Ischler Rosen

KAISERSTADT-GESCHICHTEN Mitten im Salzkammergut liegt die Kaiserstadt Bad Ischl. In der Vergangenheit gelangte der Kurort zu Reichtum durch die Gewinnung von Salz, später hielt in dem beschaulichen Ort alles Einzug, was Rang und Namen hatte. Unter anderem genossen die Komponisten Bruckner, Brahms, Lehár und Johann Strauß das Ischler Solebad und die hiesige Sommerfrische. Doch allen voran stellt die Verlobung zwischen Franz Joseph und seiner Elisabeth die Blütezeit der Stadt dar.

Auch wenn seitdem etwas Zeit vergangen ist, Bad Ischl samt seiner Umgebung blüht weiterhin. Das besondere Flair ist bis heute spürbar, ruft die vielseitigsten Eindrücke hervor und macht dieses Buch zu einem Leseerlebnis.

Zu verdanken ist das diesen Autoren: Bernhard Barta, Gabriele Diechler, Herbert Dutzler, Hans Eichhorn, Angela Eßer, René Freund, Michael Gerwien, Tatjana Kruse, Beate Maxian, Karl Ploberger, Volker Raus, Ernst Schmid, Jutta Siorpaes, Erich Weidinger und Hubert Zöllner.

Jeff Maxian arbeitet im Bereich Medien- und Kulturmarketing. Als Tourneeproduzent, Konzertagent, Musiker und Arrangeur hatte er unter anderem mit Falco, Tina Turner oder Michael Jackson zu tun.

Erich Weidinger ist Autor und Buchhändler in Österreich und war bereits mit Jeff Maxian Herausgeber der Gmeiner-Anthologien »Mords-Zillertal« und »Mords-Wasserkraft«.

Bisherige Veröffentlichungen im Gmeiner-Verlag:
Mords-Wasserkraft (2014)
Mords-Zillertal (2012)

JEFF MAXIAN / ERICH WEIDINGER (Hrsg.)

Sissis Seitensprünge & Ischler Rosen

Heiteres & Kriminelles

GMEINER SPANNUNG

Besuchen Sie uns im Internet:
www.gmeiner-verlag.de

Im Ehnried 5, 88605 Meßkirch
Telefon 07575/2095-0
info@gmeiner-verlag.de

1. Auflage 2015

Lektorat: Sven Lang
Herstellung: Mirjam Hecht
Umschlaggestaltung: U.O.R.G. Lutz Eberle, Stuttgart
unter Verwendung eines Fotos von: © Maciej Zych/Fotolia.com
Druck: GGP Media GmbH, Pößneck
Printed in Germany
ISBN 978-3-8392-1678-1

Personen und Handlung sind frei erfunden. Ähnlichkeiten mit lebenden oder toten Personen sind rein zufällig und nicht beabsichtigt.

INHALT

BAD ISCHLER, SPEZIAL

RENÉ FREUND

Unglaublich, wie viele Künstler im alten Kurort ihre Spuren hinterlassen haben – und jede Menge Anekdoten.

Sommerfrische – was für ein wunderbar altmodisches, ein wenig rätselhaftes Wort. Ich gestehe, ich habe es nie wirklich verstanden. Bedeutet es, dass man den Sommer dort verbringt, wo es frischer ist? Bedeutet es, dass man sich den Sommer über erfrischt? Oder vielleicht beides? Heute fahren alle auf Urlaub oder in die Ferien. Das widerspricht dem Prinzip der Sommerfrische. Damals packten die Städter ihren halben Haushalt ein oder ließen dies von ihren Dienstboten erledigen, verstauten alles in Körben und Koffern, mieteten ganze Eisenbahnabteile und fuhren für zwei Monate aufs Land. Die Sommerfrische war das Fortführen des gewohnten Lebens an der frischen Landluft – und nicht die zweiwöchige Unterbrechung des Alltags, um sich der Illusion hinzugeben, man würde etwas erleben. Entweder waren die Menschen früher genügsamer oder sie empfanden ihr Leben als abenteuerlich genug, um sich nicht auch noch künstlichen Aufregungen hingeben zu müssen.

Für Zweiteres spricht einiges. Fad dürfte es, glaubt man den Chroniken, in der Sommerfrische nicht gewesen sein. Erstens war ja die gesamte Wiener Gesellschaft da, für Unterhaltung war also gesorgt. »Mir ist es in Ischl immer, als ob die Berge ringsum nur eine Art Decoration wären, die man auf die Wiener Ringstraße gestellt hat«, merkte Karl Kraus an und war's zufrieden, denn was hätte er ohne seine gewohnten Feinde gemacht? Und sie, die er in seinem Lebenswerk ›Die letzten Tage der Menschheit‹ erbarmungslos vorführte, sie waren alle da, die Journalisten, die Spekulanten, die Schöngeister, die Bürger und Politiker, die Offiziere und Mitläufer … und natürlich die Kollegen aus der Künstlerzunft: Schriftsteller, Schauspieler, Maler, Komponisten. Kein Wunder, dass in diesem Biotop nicht nur die Ischler Rosen blühten, sondern auch die Anekdoten.

Ich stelle mir das so vor: Wenn man Ende August oder Anfang September nach Wien zurückkehrte, wollte man unbedingt etwas Originelles oder Witziges aus Bad Ischl erzählen, und was bot sich dazu besser an, als ein G'schichterl über eine dort weilende Persönlichkeit? Hunderte dieser Anekdoten wurden überliefert, aufgeschrieben, werden immer noch erzählt. Ich nehme einmal an, gut die Hälfte davon ist frei erfunden oder zumindest stark übertrieben. Aber macht das was? Hauptsache: gut erfunden!

Beginnen wir unseren kleinen anekdotischen Rundgang standesgemäß mit dem Kaiser – und mit einem König des Theaters.

Ob sie nur die Freundin oder vielleicht sogar die Geliebte des Kaisers war, beschäftigt die Kolumnisten noch heute. Jedenfalls wohnte die Hofschauspielerin Katharina Schratt in der Nähe von Ischl in der Villa Felizitas, die heute Villa Schratt heißt und ein gediegenes Gästehaus ist. Eines Tages speisten der Kaiser, die Schratt und der als glänzender Unterhalter bekannte Schauspieler Alexander Girardi gemeinsam. Girardi sprach kein Wort. Nach einiger Zeit meinte Franz Joseph: »Mein lieber Herr Girardi, ich hab gehört, wie amüsant Sie zu plaudern verstehen. Jetzt merk ich aber nix davon!« Worauf Girardi die legendär gewordene Antwort gegeben haben soll: »Majestät … jausnen Sie amal mit an Kaiser!«

Souveräner dürfte der Komponist Anton Bruckner mit der imperialen Familie umgegangen sein. Er spielte anlässlich der Hochzeit der Kaisertochter Marie Valerie mit Erzherzog Franz Salvator im Jahr 1890 die Orgel der Ischler Pfarrkirche, wobei er ins Improvisieren kam und die Kaiserhymne mit Händels ›Halleluja‹ kombinierte. Schade, dass es davon keinen Tonmitschnitt gibt.

Ja, auch die Vertreter der ›ernsten Muse‹ zeigten sich in Bad Ischl von ihrer heiteren Seite. Johannes Brahms zum Beispiel verbrachte ab 1880 zehn Sommer in Ischl und machte auch hier kein Hehl aus seiner Bewunderung für Johann Strauß. Der Legende nach soll Brahms auf einen Fächer die ersten Takte des Donauwalzers notiert haben – mit dem Zusatz: ›Leider nicht von mir.‹ Das sollten sich all jene Gralshüter ins Stammbuch schreiben, die heute so gerne die ›E‹- von der ›U‹-Musik trennen – für die Meister von damals gab es den Unterschied nicht.

Johann Strauß verbrachte viele Sommer in seiner Villa im Ischler Vorort Kaltenbach; der König der Operette schätzte nicht nur die Solebäder, die er gegen seinen Rheumatismus nahm, sondern auch – das schlechte Wetter. ›Mein Aufenthalt hier ist vollkommen nach meinen Wünschen‹, schrieb er 1894 an einen Freund. ›Perfektes Regenwetter! Das lebhafte Rauschen des nah liegenden Baches unendlich sympathisch, und im geheizten Zimmer Noten schreiben! Je mehr es draußen stürmt und tobt, desto wonniglicher ist mir zu Mute. Nur kein Sonnenschein zur Arbeit!‹

Ja, gelegentlich regnet es im Salzkammergut, was aber, wenn man Hans Weigel glauben darf, absichtlich geschieht: ›Gott hat Kärnten sonnig geschaffen, auf dass es die Menschen aus allen Richtungen anziehe, aber das Salzkammergut hat er regnerisch werden lassen, um nicht alle anderen Landstriche zu entvölkern.‹

Der Regen befruchtete jedenfalls die Künstler: Nicht nur Johann Strauß, sondern auch seinen ungleichen Namensvetter Richard Strauss, der seine Sommerferien am Grundlsee meteorologisch in einem Lied zusammenfasste. Titel: ›Schlechtes Wetter‹.

Die ständigen Niederschläge schlugen sich aber auch in Versen nieder. Manchmal waren es schwermütige Gedichte, manchmal schnelle Zweizeiler wie jener, den der oft im Salzkammergut urlaubende Meister der Schüttelreime, Franz Mittler, unter dem Titel ›Esplanade in Ischl‹ ersann:

Was will der Mann, weswegen red't er?
Er schimpft halt auf das Regenwetter.

Ja, und was tat man bei Regenwetter? Man ging in die Konditorei, denn so wie alle Kurstädte verfügt auch Bad Ischl über genügend Lokale, in denen man sich von den therapeutischen Entbehrungen erholen kann. Die berühmteste Konditorei in Ischl war und ist der ›Zauner‹. Es gibt auch eine, freilich eher laienhafte, Schüttelreim-Liebeserklärung an die Spezialität des Hauses: ›Isst du einen Zaunerstollen / Musst du einen Stauner zollen.‹ Nun gut. Franz Mittler konnte das besser, wie man an seinem Schüttelreim über einen der berühmtesten Wahl-Ischler erkennen kann:

Du schriebst zuweilen argen Mist, Franz!
Doch weil's von Lehár ist, so frisst man's.

Nachdem er, wie seine Kollegen Robert Stolz, Oscar Straus und Emmerich Kálmán, oft als Sommerfrischler Bad Ischl besucht hatte, siedelte sich Franz Lehár überhaupt fix am Traunkai an – und brachte es sogar bis zum Ehrenbürger der Stadt. Seine Villa ist heute ein Lehár-Museum, und auch das alte Kurtheater trägt seinen Namen.

Über dieses Kurtheater klagte der Komponist Anton von Webern, der im Sommer 1908 als Kapellmeister in Ischl arbeitete, in einem Brief an einen Freund: ›Meine Tätigkeit ist schrecklich. Ich finde keinen Ausdruck für so ein Theater. Aus der Welt mit solchem Dreck!‹ Wenig schmeichelhaft äußerte sich auch der Berliner Theaterautor Oscar Blumenthal: ›Man hat in Ischl täglich Gelegenheit, die hervorragendsten Bühnenkünstler zu sehen – vorausgesetzt, dass man nicht ins Theater geht.‹

Mittlerweile hat Hollywood in dem alten Kurtheater Einzug gehalten. Die Geschäfte sind während der Saison freilich noch immer ein wenig vom Wetter abhängig, und der freudige Ausruf eines historischen Theaterdirektors angesichts eines herannahenden Gewitters – »Mir scheint, da oben braut sich eine Abendkassa zusammen« – hat nichts von seiner Aktualität eingebüßt.

Doch nicht nur die Komponisten tummelten sich in Ischl, sondern auch die Librettisten, die ebenfalls von Franz Mittler beschüttelreimt wurden. (›Was einstmals war des Ghettos Brut, / Verdient heut an Librettos gut.‹) Einer der bekanntesten Librettisten war Alfred Grünwald, der viele Sommer in Ischl verbrachte. Als die Zeit anbrach, in der Formulierungen wie ›des Ghettos Brut‹ nicht mehr als Bonmots unter Gleichgesinnten durchgingen, musste Grünwald wie so viele aus seiner Heimat flüchten. Sein Sohn Henry A. kehrte Jahrzehnte später nach Österreich zurück – als Botschafter der Vereinigten Staaten von Amerika.

So unglaublich die Geschichten des Lebens sein können, von der Operette werden sie übertroffen. Die Handlungen der meisten Operetten sind verworren, um nicht zu sagen schlichtweg blöd. Bei der Operette ›Im weißen Rössl am Wolfgangsee‹ (mit dem Megahit ›Im Salzkammergut da kann man gut lustig sein‹) ist sogar die Entstehungsgeschichte chaotisch, wenn auch nicht unkomisch. Und diese Entstehungsgeschichte hängt vielmehr mit Bad Ischl zusammen als mit dem Wolfgangsee. Also, tief Luft geholt: Gustav Kadelburg und Oscar Blumenthal schrieben ein Theaterstück namens ›Im weißen Rössl‹ (ohne Wolfgangsee), das 1898 uraufgeführt wurde. Viele Jahre später, im Sommer 1929, war der Schauspieler Emil Jannings, Sommerfrischler am Wolfgangsee, auf eben jenem See auf einem Boot unterwegs (so will es die Legende), und zwar mit dem Berliner Theaterprinzipal Erik Charell. Jannings erzählte, wie Schauspieler das immer tun, Anekdoten und dabei fiel ihm das Stück von Kadelburg und Blumenthal wieder ein. Er animierte Charell, doch eine musikalische Revue aus dem Stoff zu machen. Ralph Benatzky wurde als Komponist gewonnen, Charell und Hans Müller schrieben das Stück um, Robert Gilbert (›Ein Freund, ein guter Freund …‹) dichtete die Songtexte, Bruno Granichstaedten, Robert Stolz und andere steuerten musikalische Einlagen bei. Man arbeitete schnell: Bereits im November 1930 wurde ›Im weißen Rössl am Wolfgangsee‹ in Berlin uraufgeführt, mit sensationellem Erfolg.

Das eigentlich Kuriose an der Entstehungsgeschichte des ›Weißen Rössl am Wolfgangsee‹ ist aber, dass die ursprüngliche Handlung keineswegs in St. Wolfgang, sondern in Lauffen, heute Katastralgemeinde von Bad Ischl, spielt. Hier in Lauffen pflegte der Berliner Oscar Blumenthal, jahrelang treuer Sommerfrischler in Ischl, in ein Wirtshaus einzukehren: Nämlich in das ›Weiße Rössl‹. Es war nicht nur wegen seiner Küche allseits beliebt, sondern auch aufgrund der Schönheit der Rösslwirtin Maria Aigner. Sie diente Blumenthal als Vorbild für die Wirtin in seinem Original-Lustspiel ›Im weißen Rössl‹ (ohne Wolfgangsee). Während es mit dem originalen ›Weißen Rössl‹ im Laufe der Zeit bergab ging, streute die Wirtin eines gleichnamigen Gasthofs in St. Wolfgang erfolgreich das Gerücht, sie selbst wäre das Urbild der Rösslwirtin. Als schließlich die Operette entstand, fand auch Theaterdirektor Charell einen Wallfahrtsort am See theatralisch wirksamer als das allmählich in die Bedeutungslosigkeit versinkende Lauffen: Und so verlegte man das ›Weiße Rössl‹ schlichtweg an den Wolfgangsee.

Und weil es nicht gestorben ist, steht es noch heute hier. Und wie!

DER KLEINE SOUVENIRLADEN

BEATE MAXIAN

Souvenirs sind Edelsteine der Erinnerung. Den Satz hab ich mir ausgedacht. Denn so oder so ähnlich sollte der Artikel über meinen kleinen Souvenirladen im nächsten Tourismusprospekt beginnen. Wenn es einen Artikel gäbe. Der Tourismus-Chef hat gemeint, ich müsse eine Anzeige schalten, wenn ich im großen Sonderheft zur Landesgartenschau vorkommen möchte. Denn die redaktionellen Seiten wären für wichtige Themen reserviert, wie etwa die Sisi-Rose. Eine ganze Seite haben s' dem Gewächs gewidmet. Also, wenn S' mich fragen, hätte es eine halbe Seite auch getan, dann wäre noch Platz für mein Projekt gewesen. Darüber hinaus kann man die Rose schön in das von mir erfundene Souvenir integrieren. Der pure Neid ist das, dass der Tourismus-Chef mir einen Beitrag in der Broschüre zur Landesgartenschau verwehrt. Neidisch sind sie mir auf den Erfolg, die, die mir nicht geholfen haben und jetzt dastehen und zuschauen, wie mein neues Souvenir gewinnbringend läuft. Denn ich hab's ja komplett durchfinanziert, noch bevor es auf den Markt kam.

Wer ich bin und was ich mache, wollen Sie wissen?

Im Moment schreibe ich Briefe. Sehr wichtige Briefe. Eigentlich müsste ich den Brief hier zu Ende schreiben. Egal, ich mach eine Pause und erzähl Ihnen, wie es dazu kam.

Mein Name ist Amelie Ammering. Ich bin 42 Jahre alt und ich verkauf eigentlich in Bad Ischl Souvenirs. Sisi-Schirme, Sisi-Schmuck. Sisi- und Franz-Joseph-Häferl, Bad-Ischl-T-Shirts und solche Dinge. Ich führe auch Mieder, wie sie die ehemalige Kaiserin getragen hat. Damit können Sie sich Ihre Taille auf 51 Zentimeter zusammenschnüren, damit S' ausschauen wie die Sisi höchstpersönlich. Nur Luft werden S' keine mehr kriegen. Wird, ehrlich gesagt, auch selten gekauft. Ich werd's demnächst aus dem Sortiment nehmen. Brauche eh Platz. Ich weiß schon, was Sie jetzt sagen werden. In Bad Ischl ist das Kaiserpaar omnipräsent: Kaiservilla, Kaiserzug, Kaiserwoche, Kaiserlauf, Kaiserschmarren … doch die Kurstadt hat noch sehr viel mehr zu bieten, als nur das ehemalige Kaiserpaar. Natürlich hat Bad Ischl das. Aber mit dem Kaiserpaar lässt sich nun einmal ein sehr gutes Geschäft machen.

Ammering-Souvenir steht übrigens in Großbuchstaben über dem Portal meines Geschäftes, falls Sie einmal vorbeikommen wollen. Die Villa in der sich mein Laden befindet, stammt aus der Zeit, als der Kaiser noch regelmäßig in Bad Ischl zu Besuch war. Sie hat meinen Urgroßeltern, später meinen Großeltern und dann meinen Eltern gehört. In dem kleinen Laden wurden bereits alle möglichen Waren verkauft. Lebensmittel, dann Haushaltsartikel und jetzt Souvenirs.

Apropos Souvenir. Auf die Idee hat mich unser Tourismus-Chef gebracht. Er war bei mir im Laden und meinte, es wäre schön, wenn sich die einheimischen Unternehmer etwas einfallen lassen würden, weil wir doch dieses Jahr die Landesgartenschau haben und da sicher noch mehr Besucher kommen als sonst. Innovativ soll's sein. Innovativ und neu.

Erfinde etwas, Amelie, hat der Tourismus-Chef gesagt, das die Welt noch nicht gesehen hat, weil ich dafür bekannt bin, ziemlich gute Einfälle zu haben. Gut, die Welt hat im Grunde genommen schon alles gesehen, und das Rad lässt sich bekanntlich auch nicht mehr neu erfinden. Trotzdem hab ich nachgedacht und nach einiger Zeit ist mir dann tatsächlich eine Bombenidee gekommen: kompostierbare Kaffeebecher mit dem Gesicht des ehemaligen Kaiserpaars darauf.

Kurzum: ›Sisi und Franzl to go‹. Mit dem Vorteil, dass man die Becher, nachdem man den Kaffee getrunken hat, einfach wegschmeißen kann. Entweder direkt auf den Komposthaufen, den Rasen oder die Sisi-Rose.

Als Dünger sozusagen, weil der Becher eben verrottet. Genial. Finden Sie nicht auch? Weil die Leute doch generell solche Schweindeln sind. Überall lassen sie ihren Müll liegen. Überall, sag ich Ihnen. Auch vor meinem Geschäft schmeißen s' ihr Glumpert einfach auf den Boden.

Ich hab also sofort unseren Tourismus-Chef angerufen. Ich dachte, er hat sicher so eine Art Innovationstopf für neue touristische Ideen, und mit dem Geld finanziert er dann eben diese Ideen. Hat er aber leider nicht.

Gut, kann man nix machen, hab ich mir gedacht. Musst d' die Sache eben anders finanzieren. Ich hab mir die Werbespots diverser Banken angesehen und bin dann gleich zu der ›In jeder Beziehung zählt der Mensch-Bank‹ gegangen. Dort hab ich jetzt persönlich leider nichts gezählt, weil vielleicht zu wenig Mensch. So genau, wollten s' mir das dann auch nicht sagen. Dann hab ich bei ›Nur eine Bank ist meine Bank‹ nachgefragt. Die wollte aber auch nicht meine Bank sein. Und nach der Bank, die nicht wie jede Bank ist, bin ich drauf gekommen, dass irgendwie doch alle Banken gleich sind, weil keine wollte meine geniale Idee finanzieren.

Also habe ich noch einmal in Ruhe darüber nachgedacht und hab mich entschieden, um eine EU-Förderung anzusuchen. Sie müssen wissen, Bad Ischl ist ja generell förderungswürdig, weil Kulturerbe Salzkammergut und Leader-Region und so. Und so schwer kann das ja auch nicht sein, ein EU-Formular zur Förderung eines innovativen Tourismusprojektes auszufüllen, dachte ich mir. War's dann aber doch. Denn so ein Antragsformular ist extrem lang, sag ich Ihnen, damit können S' glatt die halbe Kaiservilla tapezieren. Da stehen auch so witzige Sätze drin wie: ›Die Initiative soll durch die Unterstützung zur Diversifizierung der Dienstleistungen und Produkte für die Touristen, die Wettbewerbsfähigkeit im Europäischen Tourismussektor fördern … oder … gefördert werden nachhaltige transnationale Tourismusprodukte.‹

Keine Ahnung, was das genau bedeutet. Also hab ich einen Brief geschrieben und erwähnt, dass meine Idee sehr innovativ und nachhaltig ist und das Wachstum fördert, zumindest das von Pflanzen, weil kompostierbar. Fehlanzeige. Die von der EU haben gleich gar nicht geantwortet. Das war sehr deprimierend, sag ich Ihnen. Ich hab mich plötzlich nicht mehr willkommen geheißen als EU-Bürgerin, habe dennoch täglich kontrolliert, ob in Brüssel vielleicht die Post komplett wegrationalisiert wurde und deshalb der Antwortbrief, in dem steht, dass mein unglaublich innovatives und nachhaltig transnationales Tourismusprodukt mit 40.000 Euro gefördert werde, Bad Ischl nicht erreicht. Und was, glauben Sie, habe ich erfahren? Da hat die Österreichische Post doch glatt ein eigenes Büro in

Brüssel. Damit war klar, dass die EU ihren Bürgern ganz bewusst keine Antworten auf ihre persönlichen Briefe schreibt. Wollte diese unerhörte Sauerei gleich an öffentlicher Stelle platzieren, hab ein wichtiges Zeitungsmagazin angerufen und einem durchaus an einer brisanten Story interessierten Journalisten gesagt: »Ich habe Original-Liebesbriefe von der Kaiserin Sisi an ihren heimlichen Geliebten, den ungarischen Graf Andrássy.«

Warum ich ihm das gesagt hab und nicht das mit der EU, der Post und dem Brief? Keine Ahnung. Es flutschte einfach aus mir raus. Vielleicht, weil ich gerade das Briefkuvert mit meinem Brief an die EU in der Hand hielt und dachte: »Wenn du Liebesbriefe von der Sisi an den Grafen hättest, dann könntest du die verkaufen und damit das Projekt ›Sisi und Franzl to go‹ finanzieren. Gut, dass ich den Irrtum nicht gleich darauf aufgeklärt habe, war vielleicht ein Flüchtigkeitsfehler. Ich habe ja bis dahin auch nicht gewusst, dass ein Mensch wie ich, die die Historie Österreichs auf Kaffeehäferl verkauft, ein Mensch sein kann, der Journalisten am Telefon belügt. War selbst sehr erstaunt über mich. Der Journalist demgemäß sprachlos, war das doch eine Sensation, denn bis dato gab es keine Hinweise oder Beweise, dass die Kaiserin tatsächlich eine Affäre mit dem Grafen eingegangen war. Darüber wurden nur Vermutungen angestellt. Dann allerdings zeigte sich der Herr Christof

Mayer, Christof mit f und Mayer mit y, wie er betonte, ziemlich misstrauisch. »Woher weiß ich, dass Sie mir keinen Bären aufbinden?«

Diese Frage konnte ich so plötzlich nicht beantworten, weil mir die Idee mit den Liebesbriefen ja spontan gekommen war.

»Woher wissen Sie, dass die Briefe echt sind?«, hakte er nach, nachdem ich hartnäckig schwieg. Das wäre eigentlich ein guter Moment gewesen, an dem ich ›April, April‹ hätte rufen können, obwohl es Mitte März war, als wir telefonierten. Aber nein, ich erzählte von meiner Urgroßmutter, die Hofdame bei der Kaiserin war. Weil eine Hofdame bekanntlich Gesellschafterin der Kaiserin war und aus Adelskreisen stammte, folgte dem eine rührselige Geschichte über den verarmten Landadel, dessen Spross ich bin und von einem Versteck in dem die Briefe lagen.

»In welchem Versteck?«, fragte der Herr Mayer.

»In einer Schatulle, die eingemauert worden war«, behauptete ich, weil ich das gleichermaßen romantisch und geheimnisvoll fand. Ich denke ja immer noch, dass die Geschichte als Romanstoff durchaus Potenzial hätte. Gut, ich hab sie dem Journalisten auch schön ausgeschmückt erzählt. Wusste bis zu dem Zeitpunkt nicht, wie viel Fantasie ich habe.

»Ammering«, sagte der Journalist. »Hab noch nie von einem Landadel mit dem Namen gehört.«

Ich vermutete, dass der gute Mann generell keine Leute vom Landadel kannte und schon gar nicht vom verarmten. Ich schau mir die Hochzeiten der Adeligen gerne im Fernsehen an und lese regelmäßig den Klatsch und Tratsch aus diesen Kreisen. Ein Berichterstatter namens Christof Mayer ist mir dabei noch nicht untergekommen. Aber wahrscheinlich wog er nur ab, ob die Frau am anderen Ende der Leitung glaubhaft oder verrückt war.

»Doch nicht Ammering. Meine Mutter hat einen Bürgerlichen geheiratet.« Ich versuchte, ein klein wenig entrüstet zu klingen, weil ein verarmter Landadel doch eher schauen sollte, sich mit einem reichen Adel zu verheiraten. »Deshalb muss ich die Briefe auch verkaufen«, seufzte ich theatralisch.

»Wie hieß denn Ihre Urgroßmutter?«

»Valerie von Königsberg.«

Zugegeben, der Name war nicht sehr originell. Aber mir fiel in dem Moment nichts Besseres ein, und es wirkte. Er glaubte mir plötzlich.

Ich muss meine Eigenbewertung überprüfen, bin ein Mensch, der andere Menschen glaubhaft anlügen kann. Habe irgendwo einmal gelesen, dass Lügen lebensnotwendig, ja sogar überlebensnotwendig sind, weil sie dazu dienen, das Selbstwertgefühl zu erhöhen und weil sie auch das Miteinander mit anderen Menschen erleichtern. Und das stimmt. Nicht auszudenken, wie unser Miteinander aussehen würde, wenn ich zugegeben hätte zu lügen. Später erfuhr ich übrigens, dass es das Adelsgeschlecht von Königsberg tatsächlich gegeben hatte. Die waren irgendwann einmal Besitzer der Burg Bernstein im Burgenland. Ich meine, wer rechnet denn damit? Ich muss nachprüfen, ob ich gegebenenfalls Erbanspruch stellen kann. Immerhin bin ich jetzt eine Nachfahrin der von Königsberg.

Plötzlich wollte der Herr Mayer sich mit mir treffen. Zum Glück wohnte und arbeitete er in Wien und konnte auch nicht sofort nach Bad Ischl aufbrechen. Das brachte mir eine Woche Vorbereitungszeit. Ich solle mit niemandem darüber reden, ermahnte er mich. Er wolle die Briefe exklusiv haben, was ich ihm natürlich versprechen konnte. Ich habe ihn im Gegenzug darum gebeten, meine Identität nicht preiszugeben. Er solle schreiben, dass die Briefe in Bad Ischl in einem verfallenen Anwesen gefunden wurden, der Finder jedoch anonym bleiben möchte, weil mit dem Kaiserhaus verwandtschaftlich verbunden.

»Kann ich das Anwesen denn sehen und fotografieren?«

»Das gibt es leider nicht mehr«, log ich weiter. »Es wurde komplett abgerissen. Deshalb habe ich die Schatulle doch gefunden, sonst wäre die auf ewig dort eingemauert geblieben.«

Er zeigte sich ein wenig enttäuscht. »Warum hat denn Ihre Urgroßmutter die Schatulle überhaupt eingemauert?«, fragte er noch.

»Ja, das werden wir leider nicht mehr erfahren, denn fragen kann ich sie das schlecht. Sie liegt am Friedhof in Bad Ischl.«

Ich bin gleich nach dem Telefonat in den nächsten Papierladen gelaufen und hab schönes Briefpapier gekauft. Beige mit dezentem Rosenmuster. Eines, bei dem ich dachte, dass es der ehemaligen Kaiserin gut gefallen hätte. An der Kasse hab ich überlegt, ob es zur Zeit Elisabeths bereits Briefpapier mit Rosenmuster gegeben hat. Ich bin wieder zurück und hab es gegen ein herkömmliches cremefarbenes ausgetauscht. Zuhause hab ich es dann auf meinen Schreibtisch gelegt und befunden, dass es zu neu aussah. Hab mich im Internet schlaugemacht und dort eine Anleitung gefunden, wie man Papier alt aussehen lassen kann. Sie brauchen nur Kaffee oder Tee, heißes Wasser, ein Backblech und einen Backofen. Dann hab ich mir noch über einen Online-Versand Tusche und Feder bestellt. Das in Bad Ischl zu kaufen, hätte mich womöglich verraten, sobald die Meldung über den Fund in der Zeitung stehen würde.

Es ist gar nicht leicht, einen Liebesbrief zu verfassen, den die Kaiserin geschrieben haben soll. Wie viele Seiten hätte sie ihrem Geliebten geschrieben? Lange oder kurze Sätze? Sehr persönliche oder vorsichtige Formulierungen? Und dann ist mir eingefallen, dass nicht nur die Ausdrucksweise, sondern auch das Schriftbild zu der Zeit ein anderes war als das heutige. Die Kurrentschrift. Zu dem Zeitpunkt hab ich mir zum ersten Mal gedacht: »Eine Idee zu haben ist eine Sache, sie auszuführen eine andere.« Zum Glück findet man auch das Kurrent-Alphabet im Internet. Ich hab's mir ausgedruckt und jeden Buchstaben abgepaust. Dass ich in der Schule in Schönschreiben immer eine Eins hatte, hat mir dabei geholfen. Hab den Brief begonnen mit: ›Mein verehrter Graf Andrássy‹, und beende ihn mit: ›Ihre ergebenste Freundin Elisabeth Amalie Eugenie, Kaiserin von Österreich-Ungarn‹. Das macht etwas her. Jedenfalls hab ich mich sehr intensiv damit beschäftigt und mein erster Brief ist mir recht gut gelungen.

Ich traf Herrn Mayer mit y, nicht in meinem Laden, sondern in einem Hotelzimmer außerhalb der Stadt. Zu meiner Überraschung kam er in Begleitung eines zweiten Mannes. Der stellte sich als Professor für irgendein Spezialgebiet vor. Welches, habe ich nicht richtig verstanden, weil mir heiß wurde vor Angst. Außerdem sei er irgendein Experte. Der wollte die Echtheit der Briefe überprüfen. Dass der Journalist so misstrauisch war und gleich einen Experten für irgendwas Historisches mitnahm, fand ich ein bisschen übertrieben. Zuerst wollte ich protestieren, doch dann machte ich gute Miene zum bösen Spiel. Ich sah dem Experten tief in die Augen und sagte, ganz Profi: »Aber gerne doch! Aber hier und jetzt, weil ich sie nicht aus der Hand gebe, bevor ich nicht den Preis kenne, den Sie bieten.« Erneute Selbstreflexion: Beherrsche die Gaunersprache und kann auch verwegen dreinblicken.

»Das wird nicht funktionieren«, sagte der Professor. »So eine Untersuchung dauert. Ich muss den Brief nach Wien mitnehmen.«

»Wenn die Briefe echt sind, bieten wir Ihnen zwei Millionen Euro für das Recht, exklusiv über den Fund berichten zu dürfen sowie Auszüge der Briefe abzudrucken«, fügte der Journalist hinzu.

Ich schluckte schwer. Gar nicht Profi. Hab das Angebot auf 2,5 Millionen hinaufgetrieben und dem Experten meinen ersten Brief überreicht.

»Ich gebe Ihnen in drei Wochen Bescheid«, sagte der Professor. Dann fuhren die beiden wieder ab.

Sie können sich vorstellen, wie angespannt ich war. Ich hab während dieser Zeit weitere Briefe geschrieben und geübt, entrüstet darüber zu klingen, dass meine Urgroßmutter doch tatsächlich gefälschte Briefe eingemauert hätte. Der, den ich als Nächstes schreiben werde, ist bereits der achte Brief. Allmählich bekomme ich Routine, fühle mich wie eine Ghostwriterin.

Jedenfalls kam nach drei Wochen tatsächlich der Anruf.

»Wie viel?«, fragte der Professor.

»Was?«

»Wie viel zahlen Sie, wenn ich behaupte, dass der Brief echt ist?«

Wir einigten uns auf 300.000 Euro. Ich sollte zahlen, sobald das Magazin das Geld an mich überwiesen hatte. Das tat ich dann auch. Der Artikel über den Fund erschien übrigens vor drei Wochen. Haben Sie ihn gelesen? Nein?

Das war eine Sensation, sag ich Ihnen. Die Meldung ging um die ganze Welt. Fernsehteams tauchten in Bad Ischl auf, filmten die ganze Gegend ab, interviewten den Bürgermeister und den Tourismus-Chef. Natürlich fragt sich in der Kurstadt jetzt jeder, wer die Briefe gefunden hat, wo sie gefunden wurden und wer aus der Bevölkerung mit dem Kaiserhaus verwandt ist.

Auch wenn niemand Bescheid weiß.

Bad Ischl ist jetzt jedenfalls um ein nachhaltig transnationales Tourismusprodukt reicher. Die Briefe werden demnächst im Sisi-Museum in Wien zu sehen sein. Eine Leihgabe einer Privatperson aus Bad Ischl wird darunter stehen. Das hat er jetzt davon, der Herr Tourismus-Chef.

Sie sehen, mein ›Sisi und Franzl to go‹-Projekt ist

tatsächlich komplett durchfinanziert. Es läuft sich sehr gut an. Ich verkaufe am Tag etwa 100 Becher Kaffee. Tendenz steigend. Im Moment denke ich darüber nach, verschollene Liebesbriefe von Kaiser Franz Joseph an die Katharina Schratt zu finden, den Souvenirladen aufzugeben und gänzlich ins Unternehmensfinanzierungsgeschäft einzusteigen. Immerhin kenne ich mich bestens aus mit Geldbeschaffung.

STAUB IM SEE

KARL PLOBERGER

1.

Noch sind die Schlagzeilen in allen Köpfen – von New York bis London, von Paris bis Rom. In den Tageszeitungen war es zu lesen, im Fernsehen zu sehen und Reporter aus der ganzen Welt standen Schlange. Jenes Land, in dem Ötzi (fast) gefunden wurde, sorgt wieder für Aufsehen. »Im größten Trinkwassersee Österreichs hat man gefunden, wonach Generationen von Historiker gesucht haben: Geniale Reste von Pfahlbauten. Tongefäße, voll mit Schmuck, beinahe unversehrtes Werkzeug, und als absolute Sensation einen großen Vorratsbehälter mit uraltem Getreide.«

Für Herbert Barth waren diese Tage wie ein Traum. Glücksgefühle, die selbst beim ersten Verliebtsein nicht vorhanden waren, begleiteten ihn nun schon Tage. Ein

Interview nach dem anderen, Talk-Runden im Fernsehen und eine Geschichte nach der anderen, die er erzählen musste – auf Knopfdruck.

Dabei war alles eigentlich nicht sein Verdienst – jedenfalls nicht zu Beginn. Bauarbeiten an einem Steg waren der eigentliche Grund für die Entdeckung. Er, der eigentlich strikt gegen jegliche Bauarbeiten an dieser Stelle war, durfte nun das Sensationsergebnis auskosten.

»Was war eigentlich geschehen?«, fragte in gebrochenem Deutsch der Reporter der BBC.

»Es war vor gut einem Monat«, begann der Pfahlbauexperte. »Da sind die Kähne vorgefahren und haben begonnen, die großen Pfähle in den Seeboden zu rammen. Und weil für die Linienschiffe ein tieferes Wasser notwendig ist, begannen Taucher unterstützt von Spezialgeräten mit dem Abtragen der Sedimente. Zum Glück waren keine großen Bagger am Werk«, strahlte Barth noch immer, »denn die hätten alles zerstört.«

Schon am zweiten Tag war es dann passiert. Er selbst war gerade wieder nach Wien gefahren, als ihn der Anruf ereilt hatte: »Völlig intakte Tontöpfe gefunden«!

Sofort kehrte er um und war direkt am Ufer, als die ersten großen Funde an Land gebracht wurden.

Bronzeschmuck, einfachste Werkzeuge und viele große, vollkommen unversehrte Tongefäße. Einige davon waren mit Tierhäuten verschlossen und mit Pech versiegelt.

Ein leer stehendes Café wurde kurzerhand zum Museumslager, denn in den Tagen danach holten die Taucher, gemeinsam mit einem rasch zusammengestellten Forscherteam, hunderte weitere Funde an Land.

Absolute Sensation waren die Essensreste, die gefunden wurden und die Töpfe mit Getreide. Wie auch immer es gelungen war, die Samen waren völlig unversehrt, trocken und schienen noch keimfähig zu sein.

Für die Bevölkerung war der Fund eine noch größere Sensation. War das Thema Pfahlbau bisher eher ein Randthema, das in der Schule und in Museen der Umgebung abgehandelt wurde, so war nun plötzlich der Alltag der Menschen von damals erlebbar.

Besonders freute Barth der Zeitpunkt, denn wenige Jahre bevor eine große Ausstellung zu diesem Kapitel der Geschichte des Landes stattfinden würde, waren die Funde Goldes Wert. Für die Ausstellung und für die Motivation der Menschen ein Glücksfall. Und endlich neben Kaiser und Sisi ein neues Thema, auf das sich der Tourismus stürzen konnte.

So lud man sofort die Bewohner aus der Umgebung ein, die Artefakte zu betrachten. Wie in einem Fundbüro lagen die Berge von Objekten streng bewacht durch zahlreiche Exekutiv-Beamte auf Tischen, an denen die Interessierten vorbeizogen.

2.

Die Aufregung hatte sich gelegt, einige Monate waren vergangen und die Arbeiten am Steg ruhten nach wie vor. Keine Behörde wagte es, die eingestellten Arbeiten wieder zu gestatten, zu sehr blickte die Welt auf das Salzkammergut. Und noch etwas bemerkte Barth: Die Euphorie einiger Bewohner war ins Gegenteil verkehrt. Sie wollten die Aufmerksamkeit ganz und gar nicht. Wollten ihre Heimat für sich und nicht mit Hunderttausenden anderen Menschen teilen. Was Zeitungen und Magazine bereits in eindrucksvollen Storys publizierten, verhieß nichts Gutes. Ein ›Disneyland der Pfahlbauern‹ müsse nun im Herzen Österreichs gebaut werden.

Der Historiker bremste zwar diese Idee und wollte sich ausschließlich mit der wissenschaftlichen Komponente der Funde befassen, doch er konnte sich dieser Traumwelt der Journalisten nicht ganz verschließen.

Nicht zuletzt deshalb, weil seine Versuche, Getreide anzubauen, Erfolg hatten. Tatsächlich keimten die zehn Körner, die er probeweise in die Erde gelegt hatte, als ob sie gestern geerntet worden wären. Das ausgeglichene Klima im Topf, die kühlen Wassertemperaturen und vor allem der sauerstofflose Zustand haben die Keimfähigkeit erhalten.

»Im Salzkammergut gibt's bald Brötchen aus Urgetreide«, titelte BILD. Und schon rollten die Busse aus Deutschland an. So wie damals in den 50er-Jahren begannen die Seeanrainer wieder Zimmer zu vermieten. Kinder wurden ausquartiert und mussten im Elternschlafzimmer nächtigen, damit die Gäste ihre Zimmer nutzen konnten, ›denn das Pfahlbauhotel gibt es freilich noch nicht‹, wussten die BILD-Redakteure.

Je länger diese Woge der Begeisterung über die idyllische Gegend schwappte, desto mürrischer wurden viele Bewohner. »Ich finde, das alles bringt Unheil über uns«, meinte im Gespräch mit den Historikern einer der Anrainer des künftigen Hotels, das im Blitztempo genehmigt werden sollte.

Herbert Barth wollte beruhigen, zeigte jedem der Skeptiker persönlich die Funde und ließ sie sogar die Getreidekörner fühlen. Vor 3.000 Jahren hatten Menschen zuletzt diese Körner in der Hand gehalten. Ein Wunder der Natur, dass diese Samen noch keimten.

3.

›Panik!‹, ›Aufruhr!‹ – jetzt waren die Schlagzeilen kurz und prägnant. Touristen kamen längst keine mehr, denn ›der Ort ist verflucht‹, wussten nun die Journalisten zu berichten. Was war geschehen? Vier Menschen waren nach dem Kontakt mit dem Urgetreide ums Leben gekommen.

›Pilze‹, ›Gifte‹ – keine Untersuchung hatte bisher ein schlüssiges Ergebnis gebracht, aber wer brauchte heute noch eine wissenschaftliche Untersuchung, wenn bei Facebook und Twitter längst der Schuldige enthüllt worden war: Die gierigen Tourismusleute. Sie hatten das heraufbeschworen. Und so gab es auch diesmal Tote, wie damals nach dem Öffnen des Grabes des Pharao …

Dabei hatte man bei der Untersuchung der Leichen kein Fremdverschulden festgestellt. ›Kein Gift, keine Mikroben! Hier sind böse Geister am Werk‹, titelte BILD und sprach fürs Salzkammergut kurzerhand eine Reisewarnung aus. Ja, so funktionierte das, wenn eine Gegend berühmt war.

Journalisten waren keine mehr da … Die Angst war zu groß. Alle Berichte wurden nur noch per Telefon oder, damit man auch die Regung der Gesprächspartner erkannte, per Skype recherchiert.

Die großen Pläne für das Pfahlbauhotel und die

Erlebniswelt der Pfahlbauern wurden vorerst auf Eis gelegt. Kein Verantwortlicher wollte eine Entscheidung treffen. Drei Wochen lang herrschte bereits diese Ungewissheit.

Der Bademeister, ein großer Verfechter des Pfahlbau-Disneylandes, war das erste Opfer gewesen. Der alleinstehende Mann war seit dem ersten Fund immer vor Ort gewesen und für die Reporter die ergiebigste Informationsquelle. Die Eisverkäuferin – eine liebenswürdige, kinderlose, ältere Dame –, die jeder im Ort kannte und die die Ortsgeschichte von A bis Z auswendig beherrschte, war Pfahlbauopfer Nummer 2.

Sie wusste alles: Vor allem, was die aktuelle Zeitgeschichte betraf. Wer mit wem? Wer gegen wen? Wer für wen?

Und dann war da noch das Wirtsehepaar, beide in den 40ern und voller Elan. Ihre Ideen in den Zeitungen hatten die Spekulationen über das große Wellness-Ressort im Pfahlbaustil erst so richtig angeheizt. Die beiden – ebenfalls kinderlos – waren die letzten Opfer der ›niederträchtigen Seuche‹, die BILD nun schon ›Pfahlbau-Ebola‹ nannte.

Für die SOKO ›Pfahlbau‹ stand Datensammeln an oberster Stelle. Wer war wann und wo und mit wem? Wer kam wie mit den Objekten in Berührung, und vor allem interessierte den Chef der Truppe, welche Funktion jede Person im Gemeindeleben hatte. Obwohl sich die Kriminalisten allesamt einig waren, dass nichts von den Funden mit dem Tod zu tun hatte, blieb das provisorische Museum hermetisch abgeriegelt. Nur über eine Seuchenschleuse und mit einem Ganzkörperschutz durfte man das Objekt betreten.

4.

Die Politik drängte, wollte Antworten. Die Position, die vor Monaten noch die Wissenschaftler innehatten, übernahmen nun die Politgrößen des Landes. Selbst der Bundespräsident stattete der Gegend einen Besuch ab, ging bewusst in eines der Wirtshäuser essen, um zu zeigen: Auch jetzt kann man absolut sicher ins Salzkammergut reisen und den Sommer genießen. Die Schlagzeilen der letzten Wochen hatten alles kaputt gemacht. Selbst die Besitzer von Wochenendhäusern gingen nicht mehr ins Gasthaus und lebten nur noch von Konserven und Fresspaketen, die ihnen die auswärtige Verwandtschaft zugeschickt hatte.

»Da muss Gras drüber wachsen«, waren sich die Tourismuschefs einig und begannen still und heimlich die Pläne für den ›Tag danach‹ zu schmieden. Wo würde man das Hotel mit dem Pfahlbau-Ambiente bauen? Wann konnte man damit an die Öffentlichkeit gehen?

Die wichtigste Frage allerdings blieb: War das Ende der mysteriösen Todesfälle gekommen?

Wie bei einem Leichenschmaus saßen die Mitglieder des Tourismusverbandes beisammen und sinnierten über das ›Was wäre gewesen, wenn nichts gewesen wäre‹.

5.

Die Nachricht schlug ein wie eine Bombe: ›Wieder zwei Pfahlbau-Tote‹, twitterte bereits in den frühen Morgenstunden ein Salzkammergutler und löste damit eine neuerliche Woge des Entsetzens aus. Diesmal traf es den innersten Kreis der Touristiker. Jene beiden Männer, die bei den letzten Sitzungen sich so vehement für das Weiterführen der Pläne ausgesprochen hatten, wurden Opfer der ›Seuche aus der Urzeit‹.

Für die SOKO war nun klar – hier lag nichts Mysteriöses oder Seuchenartiges vor, hier ging es um kaltblütige Morde. So verkündete es der Chefermittler bei einer internationalen Pressekonferenz. Er habe zwar noch keine Beweise, aber es sei klar, dass keinerlei Umstände darauf hindeuten, dass irgendetwas mit den Funden, mit Mikroben oder gar einem Fluch zu tun habe. Alle Opfer waren unmittelbar in die Causa Pfahlbau involviert, alle hatten sich vehement für dieses Tourismusprojekt stark gemacht und alle waren durch ihre Aussagen der Öffentlichkeit bekannt.

»Nun gilt es dem oder den Tätern das Handwerk zu legen. Und so viel darf ich verraten, wir haben bereits eine heiße Spur.« Der gestandene Kriminalist sprach diese Sätze mit einer solchen Überzeugung, dass keiner daran zweifelte. Im Gegenteil, nun begannen erst recht die Spekulationen: Wer hatte Nachteile durch die Pfahlbaugeschichte? Wer fühlte sich übergangen? Wer profitierte davon?

Systematisch wurden nun die Anrainer befragt. Wobei im Hintergrund immer noch nach der eigentlichen Todesursache gesucht wurde.

Eine Vermutung war das Gift der Herbstzeitlose – Colchicin – es verhinderte die Zellteilung, sodass der Körper sich praktisch auflöste, weil die Organe nicht mehr nachwuchsen.

Genau diese Schäden hatte man bei den Opfern vorgefunden, allerdings bewusst nicht veröffentlicht, um die Ermittlungen nicht zu gefährden.

»Herbstzeitlosen waren also in der Giftsuppe«, sinnierte der SOKO-Chef laut vor sich hin.

»Geschmacklich kaum zu erkennen, wenn sie in einer Speise sind und in den ersten Stunden auch nicht zu spüren, zeigen sie dann eine Wirkung, wenn es de facto zu spät ist«, ergänzte einer seiner Kriminalisten, der in Wikipedia auf seinem iPad recherchierte.

Wer konnte das getan haben? Und warum? Fragen über Fragen – und keinerlei Antworten. Bis sich der Ortspolizist zu der illustren Runde gesellte und eine vage Vermutung äußerte. »Wenn nach jedem Treffen der Fremdenverkehrsleute jemand stirbt, dann muss das Gift bei dieser Versammlung ins Essen gelangt sein«, kombinierte der altgediente Polizist, zu dem viele aus Tradition noch immer »Herr Gendarm« sagten.

»Allerdings ist das nur zum Teil richtig«, ergänzte der Beamte. »Bei den vier Treffen nach den ersten Todesfällen war nichts passiert!«

Ein Zusammenhang mit den Veranstaltungslokalen ließ sich nicht herstellen, da die Sitzungen nie hintereinander am selben Ort stattfanden. ›Grüner Baum‹,

›Schwarzes Kreuz‹, ›Kirchenwirt‹ und dann wieder im ›Klimt-Lokal‹.

»Wenn es nicht das Lokal ist, wie sieht es mit der Belegschaft aus?«, ergänzte der SOKO-Chef die Überlegungen des Ortspolizisten.

6.

›Verhaftung nach Pfahlbaumorden‹, war exakt 180 Tage nach den ersten Funden auf Twitter zu lesen. Die neuen Entwicklungen verbreiteten sich wie ein Lauffeuer. Die für Mittag angesetzte Pressekonferenz sprengte sogar den großen Rathaussaal.

Dort, wo noch die Bühne der lokalen Theaterrunde stand, nahmen nun die Kriminalisten samt Bürgermeister, Bezirkshauptmann und dem Tourismus-Landesrat Platz.

»Mutmaßlicher Täter ist ein Anrainer des künftigen Pfahlbauhotels«, eröffnete der SOKO-Chef exakt um 12 Uhr die Pressekonferenz, zu der TV-Teams aus der halben Welt, dutzende Fotografen und Heerscharen von Journalisten gekommen waren.

Im Detail habe man die Ereignisse seit den ersten Funden analysiert, alle Personen, die irgendwie mit dabei waren in Tabellen gefügt, bis sich aus diesem Gewirr an Informationen eines zeigte: Immer dann, wenn Franz S. anwesend war, starb jemand.

»Franz?«, schrie entsetzt einer der Zuhörer auf.

»Ja! Franz S.«, sagte der SOKO-Boss und ergänzte: »Er war aber weder geladener Gast noch Mitglied bei einer der Kommissionen, er war immer an diesen Tagen als Aushilfskellner dabei.«

Seine Strategie: Gift in den Salat mischen. Eines, das erst nach einigen Stunden Wirkung zeigte, das aber nicht zu bekämpfen war.

Erste Befragungen haben ergeben, dass er sich von den Plänen für ein neues Tourismus-Projekt bedroht fühlte. Seiner Frau hatte er die Ängste immer und immer wieder eingestanden, sagte der Ermittler, und sie war es auch, die uns auf seine Spur brachte.

Das Aufatmen der Touristiker war weithin zu hören und schon wurde wieder auf Vollgas geschaltet: »Gestern Kaiser und Sisi, morgen steht das Salzkammergut für Pfahlbau«, meinte der oberste Fremdenverkehrs-Chef des Landes und entrollte den Plan für die neue Attraktion. Hotel, Wellness und dazu noch ein Pfahlbau-Golfplatz sollten kommen. Ja, und eines war auch mit eingeplant: ein Denkmal für die Opfer. Zur immerwährenden Erinnerung.

DIE ROSE LINDA

HERBERT DUTZLER

Dass jetzt mein Käseblättchen auch noch Wochenendeinsatz von mir verlangt, das finde ich ein bisschen zu viel des Guten. Wo sie doch bloß nach Kollektivvertrag bezahlen. Und ein Extra für Samstagsrecherchen, das fällt meinem knauserigen Chef gar nicht ein. »Seien Sie froh, dass Sie überhaupt einen Job haben! Wenn wir die Printausgabe einstellen, dann kann ich Ihnen gar nichts mehr bezahlen.« Wie satt ich diese Drohungen habe.

Aber was bleibt mir übrig? Einziger Lichtblick: Linda wird mich begleiten. Seit wie vielen Jahren ist sie schon meine mehr oder weniger ständige Begleiterin? In den letzten Monaten sind ihre Hinweise deutlicher geworden. Von wegen Familie und Haus und Garten. Wir wohnen ja nach wie vor getrennt. Ist mir einfach lieber so. Es reicht mir schon, wenn sie so argwöhnisch schaut, wenn ich mir noch ein letztes Gläschen Whisky am Samstagabend genehmige.

Heute allerdings kann ich ihr sogar eine Freude

machen. Mich interessieren ja die Pflanzen nicht so wahnsinnig. Eigentlich überhaupt nicht. Aber Linda ist ein Pflanzenfan. Auch ein Grund, warum ich Vorbehalte gegen das Zusammenziehen habe. Heute geht es zur Landesgartenschau, und ich kann mir keinen langweiligeren Auftrag vorstellen. Eine Reportage über die Vorbereitungen. Für eine Gartenschau! Da kommt einem ja das weitmäulige Gähnen! Gärtnerinnen in Jogginghosen und Erdflecken auf den Knien! Nicht einmal meine Linda macht in ihrer Gartenkleidung eine besonders attraktive Figur. Da sind mir High Heels und enge Röcke schon lieber. Da kriegen die Burschen Stielaugen, wenn sie beim Bummeln durch die Fußgängerzone an meinem Arm hängt.

Heute allerdings hat Linda Jeans angezogen. »Schließlich gehen wir nicht in die Disco!«, hat sie gemeint. Und für eine Gartenschau, da sind Jeans gut genug. Hat sie auch gemeint. »Schatz, wird dürfen heute gratis rein«, versuche ich, sie ein bisschen in Stimmung zu bringen. »Jaja«, antwortet sie, ein bisschen kühl. »Glaub ja nicht, dass ich nicht weiß, warum du mich mitnimmst: Weil du von Pflanzen keine Ahnung hast!« »Geh, bitte!«, wehre ich entrüstet ab, lasse es aber nicht auf eine länger andauernde Auseinandersetzung ankommen.

Wir müssen zum neuen Sisi-Park hinaus. Dort, wo eigentlich die Trabrennbahn ist. Sisi-Park! Ein bisschen übertreiben tun sie ja schon, unsere Ischler. Bin schon gespannt, wie die Speisekarte der Gartenschau ausschauen wird. Eine Sisi-Torte, die wird's auf jeden Fall geben, jede Wette. Und wahrscheinlich einen Schratt-Gugelhupf, und einen Kaiserschmarrn. Vielleicht sogar einen Habs-Burger, ha, ha!

»Du, Schatz, ich hab eine Idee: Wir könnten für die Gartenschau einen Habs-Burger erfinden. Und du verkaufst ihn. Blau-Gelb muss er sein. Also, vielleicht gelber Paprika und … und …« Mir fällt gerade kein blaues Lebensmittel ein. Linda kichert. »Es gibt blaue Erdäpfel«, lacht sie. »Super – gelbe Paprika, blaue Pommes, und ich servier dazu vielleicht ein Achterl ›Kapuzinergruft‹!« Linda prustet so heftig, dass sie sich den Bauch halten muss.

Gleich kommen wir beim Zauner vorbei. Die Sonne ist gerade herausgekommen. Da stehen schon Tische heraußen! »Wir sollten uns vielleicht vorher stärken, bevor wir …« »Jaja!«, nickt Linda. »Und da brauchst du natürlich ein Bier. Obwohl der Zauner ja nicht fürs Bier, sondern für die Torten berühmt ist.« Linda droht mir mit dem Zeigefinger. Ich packe ihre Hand und sauge ein wenig an dem ausgesprochen hübschen Finger. »Nicht«, kreischt sie. »Die Leute!« Linda ist Lehrerin am Gymnasium. Dauernd hat sie Angst, dass Schüler oder Eltern sie beobachten könnten und dann hinter ihrem Rücken über sie reden. Leider erstreckt sich diese Angst auch auf den ganzen Traun- und Wolfgangsee. Herumknutschen im Segelboot ist also fast tabu. Leider.

»Eine Kaisertorte, bitte.« Ich muss wieder lachen. »Sag mir nichts gegen die Kaisertorte«, schimpft Linda. Aber sie hat ja recht. Gegen die Kaisertorte beim Zauner ist wirklich nichts zu sagen. Gegen die Haustorte übrigens auch nicht und gegen die Kastanientorte sowieso nicht. Und gegen die Brötchen erst recht nicht, die passen nämlich perfekt zum Bier. Das Lachsrollenbrötchen ist mein absoluter Favorit. Da lasse ich jede Torte stehen.

Schließlich und endlich bleibt uns nichts anderes übrig, als zum geplanten Sisi-Garten hinauszuwandern. Viel gibt es nicht zu sehen, finde ich. Lastwagen von Gärtnereien. Erdhaufen. Da werden sie sich sputen müssen, wenn sie bis zum 24. April fertig werden wollen. Tiefe Reifenspuren im Rasen. Das muss wohl auch noch gerichtet werden. Ich zücke meine Kamera. Einen eigenen Fotografen kann sich unser Käseblatt natürlich nicht leisten. Da vorn, da pflanzt eine. Wahnsinn, der Hintern! Natürlich in einer Jogginghose. Aber bei irgendwem muss ich ja anfangen.

»Was pflanzen Sie denn da?« Sie schreckt auf. Ach, Gott, das ist ja ein Mann! Sogar mit Vollbart. Und völlig verschwitzt. Na ja, irgendwie urig schaut er schon aus. Und natürlich, Erdflecken auf den Knien.

»Staudenband«, ächzt er. »Bin ich Experte.« Er strahlt mich an.

»Und was für Büsche pflanzen Sie da?«

Er hebt mahnend einen Zeigefinger. »Stauden, mein Herr! Keine Büsche. Was wollen S' denn eigentlich da?«

Linda kommt mir zuvor. »Ein Reporter ist er. Und keine Ahnung von Pflanzen hat er. Ihm müssen S' alles dreimal erklären, damit er's versteht.«

Ich nicke ergeben. Man muss schließlich Humor zeigen. Der Mann hat nicht nur einen gigantischen Hintern, sondern auch eine enorme Wampe. Nur so kann er sich wahrscheinlich im Gleichgewicht halten.

»Da müssen Sie natürlich darauf achten, dass sie Frühjahrsblüher, Sommerblüher und Herbstblüher hineinbringen!« Mit großer Geste umfasst er sein Beet. »Und hinten kommen hoch wachsende Pflanzen hin, vorne die ganz niedrigen. Damit das auch was gleich schaut!« Stolz lächelt er und stützt sich auf seinen Spaten.

»Darf ich ein Foto von Ihnen machen?« Ich hoffe natürlich, ich finde noch was Besseres. Aber was man hat, das hat man. Er grinst breit in die Sonne. Schnapsnase hat er auch. Aber das Grinsen passt. So à la Gartenzwerg. »Danke!«

Linda hat inzwischen interessiert die herumstehenden Pflanzballen begutachtet. »So ein Beet möchte ich auch einmal, hörst du!« Sie stößt mich in die Rippen. »Wenn wir einen eigenen Garten …«

»Jaja! Kommt Zeit, kommt Rat.« Hinhaltende Phrasen sind besser als Widerspruch. Nur ja kein Widerspruch. Sonst gibt's dann abends im Bett Kopfweh. Das will ich heute nicht riskieren.

Ein Stück weiter vorn, nahe der Traun, rumpelt es. »Verdammte Scheiße!«, höre ich eine Frauenstimme rufen. »Schauen wir mal nach.« Vielleicht ist was passiert. Von Weitem sehe ich eine wallende rote Mähne. Als ich näher komme, erkenne ich, dass die Gärtnerin offenbar einen Stapel Holzpflöcke mit dem Stapler vom Lkw abgeladen hat, die Ladung ist aus dem Gleichgewicht geraten und auf den Boden geplumpst. »Kann ich helfen?« Sie dreht sich um und mustert mich. »Wüsste nicht, wie.« Sie lacht. Wow! Da blitzen strahlend weiße Zähne. Kariertes Hemd, enge Jeans, Boots. Sie stützt die Arme in die Hüften und sieht mich herausfordernd an. »Sagen Sie, dürfte ich Sie einmal für ein Foto …?«

Linda packt mich am Arm und zieht mich weg. »Sag einmal, musst du wirklich jede anbraten? Noch dazu, wenn ich dabei bin?«

Ich verteidige mich: »Rein professionelles Interesse. Weißt du, wenn man ihr ein bisschen Dreck auf die Knie schmiert und den obersten Knopf aufmacht, vielleicht wäre sie sogar was für die nationale Presse …«

»Untersteh dich!«, faucht Linda.

Plötzlich stehen wir vor einem riesigen Rosenbeet. Ein Mann kniet und pflanzt. Neben ihm ein Schubkarren mit Rosenbüschen in Plastiktöpfen. »Den kannst du fotografieren«, zischt Linda. »Von mir aus auch ohne Hemd.«

Das werde ich mir verkneifen, denke ich. Der Typ sieht gar nicht nach Naturbursch aus, eher schmächtig, dunkelhaarig. Er blickt auf, ich grüße. »Was machen Sie denn da?«, frage ich. Dämlicher geht's wohl nicht mehr.

Dennoch antwortet er mir. »Rosen pflanzen. Nicht die ideale Zeit. Ich hätt's lieber schon im Herbst gemacht. Aber für so eine Ausstellung …« Es klingt, als ob es für diesen Anlass ohnehin egal sei.

»Was werden denn das für Farben? Das sieht sicher wunderschön aus, wenn die einmal alle blühen.«

Ich hätte Linda doch zu Hause lassen sollen. Dann würde ich jetzt ein Fotoshooting mit der Rothaarigen … Vielleicht wäre sie sogar auf einen Kaffee mit mir gegangen. Oder auf ein Bier. So eine Frau, die Stapler fährt …

»Wie heißen denn die?«, fragt Linda. Der Mann richtet sich auf. Er ist wirklich sehr schmächtig. Gerade einmal so groß wie Linda. Er scheint sich zu freuen, dass ihn jemand angesprochen hat. »Die erste ist eine Abraham Darby. Innen eine Insel, da kommt eine Lady

Sophia hinein.« Er räuspert sich. »Dann die Lady Gardener, da außen.« Er deutet über seine Beete hinweg.

Hoffentlich merkt sich Linda das alles. Ich schieße ein paar Fotos.

»Innen die Contessa Chiara.« Linda nickt und hört aufmerksam zu. Der Mann mustert sie. Von oben bis unten. Mit ernstem Gesicht. Ich schieße ein paar Fotos von beiden. Der Gärtner hat jede Menge Dreck an Knien und Stiefeln. Trotzdem, vielleicht kann ich noch ein paar Bilder mit der Rothaarigen … »Und da jetzt, außen die Summer Song, und innen die Linda …«

Sie kreischt vor Vergnügen. »Hast du das gehört, Schatz? Linda! Er pflanzt meine Rose.« Ich könnte ihn küssen.« Sie hüpft ein wenig auf der Stelle. Gefällt mir, denn einiges hüpft recht hübsch mit. Aber nicht nur mir. Auch der Gärtner starrt sie an. Ich ziehe sie weiter.

»Was ist denn? So lass mich doch …«

»Führ dich nicht so kindisch auf. Wegen einer Rose.«

»Aber, hast du denn nicht gehört, sie heißt Linda! Ich werde da auf der Gartenschau stehen. Du musst mir eine Saisonkarte kaufen, ich will das sehen, wenn meine Rose blüht. Ich komm sie dann immer besuchen.«

Wie kann man nur so dämlich sein? Wahrscheinlich hat der Gärtner unser Gespräch belauscht, da muss er ihren Namen mitbekommen haben. Und außerdem gefällt mir nicht, wie er Linda angestarrt hat. Der sieht so verschlagen aus. Den bring ich nicht ins Blatt. Nicht einmal auf die Webseite.

»Ich brauch noch jemand anderen«, sage ich. »Der Fette von vorhin, der ist mir nicht genug, und die Rothaarige hast du mir ja vermasselt.«

»Und der Rosengärtner? Wo der doch ganz süß war.«

Süß? Dieser verschlagene Gnom? Was ist in die Frau gefahren? Langsam werde ich ärgerlich. Achtung, Samstagnacht ist in Gefahr. Ich muss mich abregen. Ein Bier wär dafür recht. Ob es hier schon Gastronomie gibt?

Es beginnt zu regnen. Auch das noch. »Schatz, ich will jetzt gehen. Hier ist eh *überhaupt* nichts los!«, mault Linda.

»Ich muss aber noch ein paar Leute wegen der Reportage …«

»Mach du nur. Ich geh jetzt. Und wegen heute Abend …« Ich werde hellhörig. »Ich mach uns was Gutes zu essen. Bei dir. Einen schönen Lachs, vielleicht. Und wenn du brav bist, können wir dazu ja einen Prosecco trinken.« Sie zwinkert mir zu. Ein ordentliches Stück Fleisch wäre mir lieber. Und Prosecco … Linda entfernt sich und wirft mir eine Kusshand zu. Vielleicht finde ich die Rothaarige noch irgendwo. Ich könnte ihr helfen, die Pflöcke wiederaufzuladen.

Nirgends etwas zu sehen. Der Regen wird heftiger. Ihr Lastwagen ist auch weg. Mist. Nur der Rosenpflanzer kniet einsam in der Gegend herum. Plötzlich fallen mir die Namen der Rosen wieder ein, obwohl ich gar nicht genau hingehört habe. Sophia hieß eine. Und Lady Chiara, oder so, die andere. Sophia und Chiara. Sophia und Chiara. Hab ich die Namen nicht schon einmal gehört? Wann und wo? Sophia, Chiara und Linda. Linda.

Anstatt vor dem Fernseher einzuschlafen, sitze ich am Computer. Sophia und Chiara. In irgendeinem Zusammenhang sind mir diese beiden Namen schon einmal untergekommen. Es hat mit einer Recherche zu tun, da bin ich mir sicher. Irgendwas ist darüber in den Zeitungen gestanden.

Eine halbe Stunde später habe ich es. Sophia Stockinger. Verschwunden. Es liegt lange zurück, 1999. Sie war gerade in der Maturaklasse gewesen. Ich finde einen Bericht. Verzweifelte Eltern. Herzzerreißende Aufrufe. ›Komm zurück!‹ Man hatte wohl vermutet, dass sie ausgebüchst war. Aber seit 16 Jahren kein Lebenszeichen. 34 müsste sie jetzt sein. Und Chiara Brunnthaler. Verschwunden. Wohnhaft in Vöcklabruck, seit 2007 nicht mehr gesehen. Studentin, 21 Jahre alt. Ich kopiere mir die Fotos der beiden, und mir läuft es kalt über den Rücken. Beide blond, beide lange, glatte Haare. Beide haben eine gewisse Ähnlichkeit mit Linda. Gut, die Brunnthaler hatte eine etwas größere Nase. Aber apart. Verdammt, Linda! Ich muss sie anrufen.

Handy auf Mailbox. Festnetz hat sie nicht. Mutter anrufen. Linda hat übrigens eine sehr attraktive Mutter. Habe mich, muss ich zugeben, anfangs sehr zu ihr hingezogen gefühlt. Mutter hat von Linda seit gestern nichts mehr gehört, da haben sie telefoniert. Ich springe ins Auto und klappere alle Lokale ab, wo sie sich am Samstagnachmittag aufhalten könnte. Probiere es nochmals am Handy. Keine Linda.

»Hast du Linda gesehen?«

Der Kellner grinst. »Vermisst? Hast du sie beleidigt?« Nach einer abfälligen Handbewegung bin ich wieder zur Tür draußen. Es regnet. Die Gartenschau! Ich fahre hin, lasse das Auto in der nassen Wiese. Die Rosen. Keine Linda. Ich trample durch die frisch angelegten Rosenbeete und zerkratze mir Hände und Hose sowieso. Wasser tropft mir ins Gesicht. Das Handy. Keine Linda. Sophia, Chiara und Linda. Der Gärtner! Wo ist er?

Ich bin am Ende, total durch den Wind. Erst Sophia, dann Chiara und jetzt Linda.

Eisl!

Der Eisl ist der einzige Kriminalbeamte, den ich kenne. Der muss mir helfen.

»Eisl? Ja, meine Freundin ist weg!«

»Seit wann ist denn dafür die Kriminalpolizei zuständig?«

»Lass mich doch erklären, die Namen. Sophia, Chiara und Linda!« Ich erkläre, hastig und unzusammenhängend.

»Wilde Geschichte«, lacht Eisl. »Schlaf deinen Rausch aus! Morgen siehst du klarer.«

Vielleicht bin ich wirklich durchgedreht.

Ich fahre nach Hause. Alle fünf Minuten probiere ich es bei Linda. Immer die gleiche Stimme. ›Der Teilnehmer …‹ Danach lege ich auf. Ich versuche es mit deutscher Bundesliga. Nach zehn Minuten bin ich wieder im Auto, noch einmal die Lokalrunde. Es sind inzwischen viel mehr Leute unterwegs, langsam wird es dunkel.

Noch einmal zur Gartenschau. Stirnlampe, ich muss doch eine im Handschuhfach … Da! Noch einmal zum Rosenbeet. Es regnet in Strömen. Was ist das? Da waren doch vorher noch … Um Gottes willen! Ich kämpfe mich wieder durch die Summer Song. Von den Lindas sind nicht mehr viele da. Ganz in der Mitte ist ein Loch. Ein Grab. Zwei Meter mal 80 Zentimeter. Er hat ein Grab geschaufelt. Für Linda.

Diesmal nimmt Eisl meine Bedenken ernst. Wir stehen vor dem Grab. Er mit Mantel unter einem schwarzen Regenschirm. Ich zittere in meiner Regenjacke. Ich erzähle ihm, was ich recherchiert habe. Von Sophia und Chiara. Ich nenne ihm auch, wann sie verschwunden sind. Er tippt auf seinem Handy herum. Es dauert lange, denn mit einer Hand muss er den Schirm festhalten. »Scheiße«, murmelt er.

»Was?« rufe ich, hysterisch.

»Als die Sophia Stockinger verschwunden ist, da war die Landesgartenschau in Gmunden, 1999. Und 2007, als die Chiara Brunnthaler in Vöcklabruck verschwunden ist, wo glaubst du, war da die Landesgartenschau?«

»In Vöcklabruck?«, flüstere ich.

Eisl nickt.

»Sucht ihr wenigstens auch die Linda?«

Eisl nickt.

Inzwischen ist ein Bagger angekommen, mehrere starke Scheinwerfer beleuchten die Szenerie. Außer Schlamm ist nicht mehr viel zu sehen, die Rosenbüsche sind vom Bagger platt gemacht worden. Ich probiere zum hundertsten Mal Lindas Nummer. »Und vom Gärtner?«, frage ich, zum wiederholten Mal. »Schon eine Spur?«

Eisl schüttelt den Kopf. Genauso wie der Baggerfahrer. Er steigt von seinem Gerät und kommt auf uns zu. »Da drinnen ist sicher niemand vergraben.« Er zieht sich die Handschuhe aus und fingert in seiner Brusttasche nach einer Zigarettenpackung. Eisl mustert mich. »Ich sag dir, wenn das ein falscher Alarm war und deine Linda sitzt irgendwo gemütlich bei einem Aperol Spritz …«

»Die Linda mag gar keinen Aperol«, verteidige ich mich, vielleicht ein wenig zu aggressiv. Wo kann Linda sein? Ich bin mir nach wie vor sicher, dass sie in den Händen des Gärtners ist. Das kann doch kein Zufall sein! Dreimal Landesgartenschau! Womöglich ist sie schon tot. Ich mag mir gar nicht ausmalen, was er mit ihr gemacht hat. Wenn ich sie nur wiederhätte! Ich würde sie sofort heiraten! Auf der Stelle! Ich renne los, ich kann hier nicht bleiben, was soll ich bei dem Grab, das der Mörder für sie ausgehoben hat? Vielleicht suchen alle in der falschen Richtung? Ich renne ins Dunkel, weg vom Ort, der Traun entlang. Nur im Schein meiner Stirnlampe. Wie will ich sie hier finden?

Was, ein Baucontainer? Was macht ein Baucontainer hier? Es ist sogar Licht drinnen. Zwei Polizisten auf einem Motorrad überholen mich, zwei weitere. Sie tragen Einsatzkleidung, richtig schwere, mit Helmen, sehen aus wie Jedi-Ritter.

»Gehen Sie weg!«, schreit der eine. »Weg!« Der erste Motorradfahrer steigt ab, schlägt mit seinem Schild ein Fenster des Containers ein, wirft etwas in den Raum. Drinnen leuchtet es hell auf. Gleichzeitig dreschen zwei weitere gegen die Tür. Licht, Rauch, Schreie. Was ist hier los? Einer kommt zurück, mit einem Menschen auf dem Arm. Blond. Schmutzig. Weiße Jacke. Es ist Linda! Er setzt sie im Scheinwerferlicht seines Motorrades ab, nimmt ihr den Knebel aus dem Mund.

Ich bin bei ihr. »Linda!«

»Fritzerl!« Ich hasse es, wenn sie mich so nennt. Schon der Friedrich ist mir zum Kotzen. Im Moment aber bin ich nur glücklich. Ich zittere. Linda zittert. Ein Rettungswagen kommt mit Folgetonhorn den schmalen Weg heruntergerast. Direkt dahinter der Notarzt.

»Die Bude ist sauber«, ruft einer der Polizisten. Der Gärtner ist also weg.

»Hat er dir was getan?«, flüstere ich. Linda schüttelt den Kopf, bevor sie mir von den Sanitätern aus den Armen genommen wird.

Ich ging noch mit Eisl auf ein Bier. Linda hatten sie ins Krankenhaus geschafft. Vom Notarzt hatte ich mir noch versichern lassen, dass sie nicht verletzt war. »Nur ein Schock!«, hatte er gemeint.

»Wir waren ja blöd«, sagte Eisl, nachdem er seinen Schnaps geleert hatte. »Ist ja klar, dass wir die Sophia und die Chiara nicht hier finden konnten – die muss er irgendwo anlässlich der beiden früheren Gartenschauen verscharrt haben. Wenn er es denn war.«

»So viele Zufälle gibt's ja gar nicht!«, entgegnete ich. Mir war wohlig warm. Meine Aussprache war bereits ein wenig unsicher. Ich musste wieder ins Krankenhaus zurück, zu Linda.

»Wir fangen morgen früh zu suchen an«, sagte Eisl.

»Da werden sie eine Freud haben, in Gmunden, wenn ihr ihnen den Toscanapark umackert«, meinte ich. »Und erst die ehrwürdigen Schwestern in Vöcklabruck.« Dort hatten nämlich die beiden infrage stehenden Gartenschauen stattgefunden. Die letztere mitten im Klostergarten der Franziskanerinnen.

»Wir haben die Pläne«, ächzte Eisl. »Wir suchen nur bei den Rosenbeeten.«

Ich schlich durch den Gang, am erleuchteten Schwesternzimmer vorbei. Im Zimmer brannte ein Notlicht, schemenhaft konnte ich Lindas Gestalt im Bett wahrnehmen. Ich strich ihr über die Stirn. Draußen dämmerte der Morgen. Sie öffnete die Augen und lächelte. »Fritzerl!«

»Willst du mich heiraten, Linda?« Ich wusste selbst nicht, wie mir der Satz so schnell herausgerutscht war. Jetzt war er aber nun einmal draußen und konnte nicht mehr zurück hinein. Linda lächelte. Und nickte.

»Und?«, fragte ich, während ich mein zweites weiches Ei aufschlug. Ich hatte einen Bärenhunger.

»Mhm«, brummte Eisl. »Volltreffer. Wir haben sie zwar noch nicht identifiziert, aber …« Er ließ den Satz unvollendet. »Was mir viel mehr Kopfzerbrechen macht, ist, dass er auch in Gmunden und Vöcklabruck drei Beete angelegt hat. In Vöcklabruck waren es Margaret, Sophia und Chiara. Und in Gmunden: Olivia, Margaret und Sophia.« Ich legte auf. Plötzlich hatte ich keinen Gusto mehr auf weiches Ei.

ZUM VERWECHSELN ÄHNLICH

JUTTA SIORPAES

Helen Fasching stand mit einem Wasserkrug in den Händen im Badezimmer des Bad Ischler Sommerschlosses und konnte den Blick nicht von der Kaiserin wenden. Sie war wunderschön, selbst wenn sie wie jetzt nur mit weißem Spitzenhemd in einem Sessel neben der Badewanne saß. Den Kopf hatte sie weit nach hinten gebeugt, sodass ihre langen Haare in die Wanne hingen.

»Helen!«, mahnte Terese Adler, die Friseurin Ihrer Majestät. »Lass uns anfangen. Die Cognac-Ei-Essenz muss gründlich ausgespült werden.« Schon hob Frau Adler ihren Krug über den Kopf Ihrer Majestät. Helen nickte und tat es ihr gleich. Vorsichtig ließ sie das warme Wasser über das Haar der Kaiserin fließen.

Plötzlich nahm Helen im Augenwinkel eine Bewegung wahr. Magda, Frau Adlers zweite Gehilfin, trat neben Helen. Im nächsten Moment fühlte diese schon den Stoß. Der schwere Krug in ihren Händen kippte und ein Schwall Wasser ergoss sich über Gesicht und Hemd der Kaiserin, die vor Schreck aufschrie. Entsetzt wich Helen zurück.

»Bist du von Sinnen«, fuhr Frau Adler sie an. »Schau, dass du hinauskommst.« Helen nickte mit versteinerter Miene und verließ augenblicklich den Raum.

Helen lief hinunter in die Schlossküche zu ihrer Großmutter, die von allen ›Miezi‹ genannt wurde. Sie sollte von ihr erfahren, was passiert war, noch ehe der Klatsch der Hofangestellten sie erreichte. Aber wo steckte sie? Helen stand in der Tür zur Küche und ließ den Blick suchend durch den riesigen Raum wandern, in dem unzählige Menschen mit den unterschiedlichsten Arbeiten beschäftigt waren. Schließlich entdeckte sie sie. Miezi Fasching tranchierte einen Kalbsschlegel, dessen Fleisch sie vermutlich für die Brühe der Kaiserin benötigte. Neben ihr dampften zudem mehrere große Töpfe mit Suppe, die sie für den Hofstaat zubereitete. Miezi fuhr herum, als Helen zu ihr trat.

»Was machst du denn hier? Werden heute nicht die kaiserlichen Haare gewaschen?«

»Frau Adler hat mich aus ihren Diensten entlassen, weil ich Ihrer Majestät Wasser ins Gesicht geschüttet habe.« Bei diesen Worten schlug Miezi beide Hände vors Gesicht.

»Heilige Maria, Mutter Gottes«, entfuhr es ihr. »Wie konnte das nur geschehen?« Helen schwieg, doch die

Großmutter nickte wissend. »Du brauchst nichts zu sagen. Ich weiß es auch so. Es ist immer das Gleiche mit diesem Mädchen.« Sie schüttelte missbilligend den Kopf.

Helen sah sich um. Niemand beachtete sie. Dennoch legte sie einen Finger auf die Lippen. »Pssst. Sag nichts. Du weißt, ihre Familie hat großen Einfluss am Hof, und ich möchte nicht, dass du auch noch Schwierigkeiten bekommst.«

»Aber du kannst das doch nicht einfach hinnehmen und gehen!«, rief Miezi.

»Was soll ich denn sonst tun?« Helen umarmte ihre Großmutter und verließ die Küche.

Seit dem Tod der Mutter lebte Helen in dem armseligen Häuschen ihrer Großmutter. In der gemeinsamen Schlafkammer zog sie das hochgeschlossene, schwarze Kleid aus, hängte es in den Schrank, schloss ihn und betrachtete sich dann in dem in der Tür eingelassenen Spiegel. Ihr Körper war für ihr jugendliches Alter schon voll entwickelt und sehr reizvoll. Es wäre ein Leichtes, mit ihm Geld zu verdienen, hatte ihr die Nachbarin Trude Koller schon des Öfteren gesagt und hinzugefügt, dass sie gegen einen gewissen Anteil gern die nötigen Kontakte knüpfen würde, so wie sie das auch für andere Mädchen aus der Vorstadt tat. Bisher hatte Helen immer abgelehnt. Aber was tun, wenn sie nicht bald eine neue Arbeitsstelle fand? Die Großmutter konnte von ihrem Gehalt als Suppenköchin unmöglich den Unterhalt für sie beide bestreiten. Helen seufzte. Dann griff sie beherzt zu ihrem Schürzenkleid und verließ das Haus. Es konnte zumindest nicht schaden, noch einmal mit Trude zu sprechen.

*

Helen war nicht da, als Miezi Fasching von der Arbeit kam. Sie hatte auch nicht wie sonst das Abendbrot zubereitet, wenn sie früher zu Hause war. Allerdings, dachte Miezi, konnte sie nicht weit sein, da ihr gutes schwarzes Kleid im Schrank hing. Sie hatte es bemerkt, als sie sich umgezogen hatte. Und im Schürzenkleid bewegte sich Helen nur in der Nachbarschaft. Bei dem Gedanken kam Miezi ein Verdacht. Sie eilte vor die Haustür und spähte zu den Nachbarn hinüber. Tatsächlich. Da hockte Helen doch zusammen mit Trude Koller auf der Bank vor deren Haus. Die alte Kupplerin redete heftig auf das Kind ein. Ganz offensichtlich wollte sie keine Zeit verlieren.

»Diese liederliche Person«, murmelte Miezi wütend und spürte, wie ihr Herz heftiger schlug. Der Arzt hatte recht. Aufregung war nicht gut für ihre Gesundheit. Aber darauf konnte sie jetzt keine Rücksicht nehmen. In einem Ton, der keinen Widerspruch duldete, rief sie:

»Helen! Komm herüber. Wir haben etwas zu besprechen.«

*

Großmutters Tonfall klang scharf und sie stand mit in die Hüften gestemmten Händen vor dem Haus. Es war wohl besser, sofort zu ihr zu gehen. Helen erhob sich, verabschiedete sich von Trude und eilte hinaus.

»In die Küche«, befahl sie mit grimmiger Miene, und Helen gehorchte. In der Küche deutete die Großmutter auf einen Stuhl.

»Setz dich und hör mir zu.« Sie machte eine Pause. »Ich möchte, dass du dich von Trude Koller fernhältst. Du bist ein ehrbares Mädchen. Und das bleibst du auch.«

»Großmutter!«, rief Helen. »Bitte lass uns in aller Ruhe darüber reden. Es wäre ja nur vorübergehend.«

Miezi beugte sich bedrohlich vor. »Das kommt nicht infrage!«

»Aber du weißt doch, wie rar gute Stellen sind. Womit soll ich denn zukünftig mein Geld verdienen?«

»Mit dem Frisieren der Kaiserin, so wie bisher.« Jetzt lächelte die Großmutter plötzlich. »Denk doch nach, Kind. Frau Adler braucht dich. Wie soll sie denn so schnell Ersatz für dich finden, noch dazu, wo ihre zweite Gehilfin im Gegensatz zu dir strohblond ist. Deshalb gehen wir morgen zu ihr und entschuldigen uns untertänigst. Dann wird sie dich wieder einstellen, du wirst sehen.«

Doch die Großmutter irrte sich.

»Das ist unmöglich, Frau Fasching«, erklärte Terese Adler am nächsten Morgen. »Die Kaiserin hat den Schreck noch nicht verwunden, den Helen ihr versetzt hat. Sie wissen doch, wie empfindsam sie ist.«

»Ich weiß aber auch, dass Ihre Majestät gelegentlich gern für sich ist, und dann jemanden braucht, der während dieser Zeit ihre offiziellen Pflichten übernimmt. Diese Aufgabe hat meine Enkeltochter stets perfekt erfüllt, verfügt sie doch über die idealen körperlichen Voraussetzungen und sieht der Kaiserin auch sonst zum Verwechseln ähnlich.« Helen sah, wie Frau Adler sie daraufhin von Kopf bis Fuß taxierte.

»Das ist richtig, aber es gibt noch Bessere«, erwiderte sie dann, öffnete die Tür zum Nebenzimmer und rief hinein: »Kommst du bitte?«

Im nächsten Moment erschien Magda in der Tür. Sie trug eine dunkle Perücke über dem blonden Schopf, die der Frisur der Kaiserin nachempfunden war, und grinste hämisch. Helen warf der Großmutter einen schnellen Seitenblick zu, der ins Gesicht geschrieben stand, was sie gerade dachte. Aber sie schwieg zum Glück.

»Das ist Magda von *Metternich*«, fuhr Frau Adler

fort, wobei sie Magdas Familiennamen besonders betonte. »Wie Sie sehen, ähnelt sie der Kaiserin weitaus mehr als Helen, weil sie dünner ist. Und jetzt entschuldigen Sie uns bitte.« Damit verschwand Frau Adler zusammen mit Magda im Nebenraum und ließ Helen und ihre Großmutter einfach stehen.

*

Nach diesem Gespräch war Arbeit das beste Mittel gegen sorgenvolle Gedanken. Aber am Nachmittag stellten sich bei Miezi wie aus heiterem Himmel Magenkrämpfe ein. Sie war daher erleichtert, als sie ihr Tagewerk beenden und nach Hause gehen konnte.

Dort angekommen, erblickte sie Helen, die am Zaun stand und aufs Neue mit Trude Koller sprach. Miezi seufzte.

»Helen!«, rief sie. Zumindest verabschiedete sich ihre Enkelin sofort und kam angelaufen.

»Großmutter, was ist mit dir? Du bist ja ganz blass«, sagte sie.

»Mir ist schlecht. Bitte hilf mir hinauf ins Bett und hol den Doktor.«

»Können wir uns den denn leisten?«, fragte Helen.

»Ich fürchte, wir müssen. Du weißt, ich bin nicht mehr die Gesündeste.«

Aber der Arzt kam nicht. Helen hatte ihn nirgends finden können. Miezi quälte sich daher ohne seinen Beistand durch eine lange Nacht, in der sie sich mehrfach erbrach. Am Morgen fühlte sie sich schwach. Zu schwach, um aufzustehen, sich anzuziehen und zur Arbeit zu gehen. Sie rief nach Helen, die neben ihr im Bett lag und schlief, aber sofort aufwachte und sich nach ihrem Befinden erkundigte.

»Bitte lauf ins Schloss und gib dem Küchenchef Bescheid, damit er jemand anderen für die Zubereitung der Suppe einteilen kann«, flüsterte Miezi. Helen nickte. Erleichtert schloss Miezi wieder die Augen.

*

Helen sah dem Chef de Cuisine an, dass ihm nicht gefiel, was er soeben gehört hatte.

»Aber wie soll das gehen?«, rief er erregt mit seinem starken französischen Akzent. »Mit ihr zusammen sind es heute schon drei Mitarbeiter, die wegen Krankheit ausfallen.« Helen horchte auf.

»Ist etwa eine ansteckende Krankheit ausgebrochen?«, fragte sie. Aber der Küchenchef schüttelte den Kopf.

»Keine Krankheit. Es grassiert schweres Erbrechen. Eine Person musste sogar auf die Krankenstation verlegt werden. Die Ärzte behaupten, dass eine verdorbene Speise dahintersteckt, und geben mir die Schuld.«

Er reckte mit verzweifelter Miene die Arme zum Himmel, machte auf dem Absatz kehrt und ging zurück in seine Küche.

*

Zum Glück verschwand die Übelkeit so schnell, wie sie gekommen war. Am nächsten Tag war Miezi wieder auf den Beinen. Sie spürte bereits, als sie die Augen aufschlug, dass es ihr wieder besser ging, denn ihr Magen knurrte. Wenn das kein gutes Zeichen war! Miezi stand auf, zog sich an und eilte hinunter in die Küche, wo Helen bereits am Tisch saß und frühstückte.

»Großmutter«, meinte sie erfreut. »Komm, setz dich und iss, ich habe Brot gebacken und Tee gekocht.« Miezi musterte ihre Enkeltochter. Sie trug das gute, schwarze Kleid.

»Was hat das zu bedeuten?«, wollte Miezi wissen. Ihre Frage brachte Helen sichtlich in Verlegenheit.

»Ich gehe heute Vormittag in die Stadt«, erklärte sie nach einigem Zögern.

»Um was zu tun? Willst du dich um eine Stelle bewerben?«

»Etwas in der Art«, erwiderte Helen ausweichend, den Blick auf die Tischplatte geheftet.

»Zu wem gehst du?« Nun schwieg Helen. Miezi wandte sich zur Tür. Der Hunger war ihr vergangen.

»Bitte lass es mich erklären«, bat Helen.

»Spar dir deine Worte. Ich habe das alles schon einmal gehört.« Damit verließ Miezi das Haus, obwohl es noch viel zu früh war, um zur Arbeit zu gehen.

Vor dem Dienstboteneingang des Schlosses hatte sich eine Menschenmenge gebildet. Als Miezi näher kam, bemerkte sie in ein paar Metern Entfernung eine Leichenkutsche mit einem Sarg, neben der zwei schwarz gekleidete Herren standen. Vermutlich die Bestatter. Miezi trat zu zwei Frauen, die sie aus ihrer Zeit in der Wäscherei kannte.

»Wer ist denn gestorben?«, fragte sie.

»Ein junges Ding«, erklärte die Ältere von beiden mit gesenkter Stimme. »Hat angeblich von der verdorbenen Speise gegessen, die es vorgestern zu Mittag gab.«

Miezi erwiderte: »Aber das haben doch viele von uns. Auch ich lag deshalb mit einer Magenverstimmung danieder, lebe aber trotzdem noch.« Sie bemerkte, wie die Wäscherin sie musterte.

»Du bist aber auch viel kräftiger als die Verstorbene, Gott hab sie selig.« Die Frau bekreuzigte sich.

Die zweite Wäscherin beugte sich zu Miezi vor. »Sie war anscheinend noch magerer als die Kaiserin, die sie beim Frisieren jeden Tag angehimmelt hat.«

Miezi zwang sich zur Ruhe. »Eine traurige Geschichte«, sagte sie und verabschiedete sich. Dann eilte sie den Weg zurück, den sie gerade gekommen war. Als sie außer Sichtweite war, begann sie zu rennen, so schnell sie konnte. Sie bekam kaum Luft dabei. Dennoch gab Miezi nicht auf. Es galt, zu Hause einzutreffen, ehe Helen in die Stadt fuhr.

Und sie schaffte es. Helen verließ gerade das Haus, als Miezi keuchend um die Ecke bog. Aber sie befand sich in Begleitung eines Herrn, dem wohl auch die Kutsche gehörte, die auf der Straße wartete. Hatte die Koller den ersten Kunden also bereits am frühen Morgen geschickt.

»Wohin gehst du?«, fragte Miezi. Den Herrn würdigte sie keines Blickes. Männern wie ihm, die noch halbe Kinder verführten, begegnete sie nicht mit der allgemein üblichen Höflichkeit.

»Zur Arbeit«, erwiderte Helen und fügte noch, bevor Miezi empört protestieren konnte, hinzu: »Frau Adler braucht mich nun doch. Magda ist ganz plötzlich verstorben. Darum hat sie mir eine Kutsche geschickt. Es eilt. Die Kaiserin wartet.«

Miezi lehnte Helens Angebot ab, mit ihr in der Kutsche zum Schloss zurückzufahren. Stattdessen ging sie zu Fuß und stattete unterwegs der Hofkapelle einen Besuch ab. Es war an der Zeit, sich dafür zu danken, dass sich alles so wunderbar gefügt hatte. Und um Verzeihung zu bitten, weil sie dabei kräftig nachgeholfen hatte. Das verstand, wenn überhaupt, nur eine Mut-

ter. Daher entzündete Miezi eine Kerze für die Heilige Maria und kniete vor deren Altar nieder.

»Bitte verzeih mir«, begann sie flüsternd mit ihrer Beichte. »Aber dieses krankhaft eifersüchtige Mädchen hätte Helen zerstört. Sie war schon auf dem besten Weg dazu. Was danach gekommen wäre, war abzusehen, und ich frage dich, Heilige Maria: Hätte ich tatenlos dabei zusehen sollen, wie Helen in die Fußstapfen ihrer Mutter tritt und zur Hure wird, die eines Tages der Lustseuche zum Opfer fällt?«

Miezi seufzte.

»Nein. Das durfte ich nicht zulassen. Es erschien mir daher wie ein Wink des Schicksals, als ich vorgestern auf der Suche nach ein paar Suppenkräutern plötzlich inmitten dieses riesigen Bärlauch-Feldes stand. Auch Schneeglöckchen, die Übelkeit verursachen, und die tödlich giftigen Herbstzeitlosen standen dort dicht an dicht. Die drei Pflanzen wachsen ja bekanntlich gern am gleichen Platz, und ihre Blätter sehen einander jetzt im Frühling, solange sie noch keine Blüten tragen, zum Verwechseln ähnlich. Ich pflückte so viele, wie ich tragen konnte, und kochte eine bekömmliche Suppe aus dem Bärlauch. Einige Portionen versetzte ich zur Sicherheit mit fein gewiegten Schneeglöckchenblättern. Aber in Magdas Teller gab ich einige Blätter der Herbstzeitlosen hinzu und pürierte sie. Ich habe gesündigt, Heilige Mutter, und große Schuld auf mich

geladen. Ich bin mir dessen wohl bewusst, auch wenn kein irdisches Gericht mich je dafür belangen wird.«

Miezi brach ab, denn ein ungeahnt heftiger Schmerz fuhr ihr durch die Brust, der ihr den Atem raubte. Kraftlos sank sie vornüber.

»Kein irdisches Gericht«, wiederholte sie noch und drehte ihren Kopf so, dass ihr Blick auf die Heilige fiel, die sanftmütig auf sie herablächelte.

DAS BEWERBUNGSGESPRÄCH

MICHAEL GERWIEN

»So, Herr Matousek, nun sagen Sie uns doch einmal, was genau Sie bewogen hat, sich hier bei uns um die freie Stelle im Facility Management zu bewerben!« Detlev Sommerberg, der etwas in die Jahre gekommene, deutschstämmige Personalchef des Bad Ischler Kongress- und Theaterhauses, sah den breitbeinig dasitzenden Walter mit einem neutralen Lächeln aus wachen, hellgrauen Augen an.

»Weil mich der AMS hergeschickt hat.« Walter, der, in Jeans und ein schmuddeliges graues T-Shirt gekleidet, zum Vorstellungsgespräch beim Bad Ischler »Kurhaus«, wie es im Volksmund hieß, gekommen war, lehnte sich nach vorn. Er stützte die Ellenbogen auf seinen Oberschenkeln ab, zog lautstark seine Nase nach oben und sah Detlev geradewegs ins Gesicht.

»Sicher, Herr Matousek.« Detlev räusperte sich und fuhr sich kurz durch die blond gefärbten, akkurat geschnittenen Haare. »Dass Sie vom Arbeitsmarktservice kommen, ist uns bekannt. Uns würde aber auch noch Ihre eigene, ganz persönliche Motivation für Ihre Stellenbewerbung interessieren.«

»Meine Freundin, die kriegt im Puff gerade nicht so viel, und da hat sie gesagt, dass wir mehr Geld brauchen täten. Außerdem hab ich gedacht, dass Facility Management für den Ernstfall auch besser auf meiner Visitenkarte ausschauen täte als jetzt zum Beispiel bloß Hausmeisterei. Dann kann ich nämlich einfach zu jedem sagen, der mich fragt, Manager bin ich halt, beim Kuramt Bad Ischl. Voll cool. Das wär schon was. Jo, Mann.« Walter machte eine unbestimmte Hip-Hopper-Geste mit der rechten Hand. Wie ein Gangster-Rapper in einem Musikvideo.

»Kongress- und Theaterhaus, Herr Matousek, Kongress- und Theaterhaus Bad Ischl heißen wir hier«, verbesserte ihn Detlev. »Nun, ganz ehrlich. Bis hierher klingt das alles noch nicht sehr vielversprechend. Da müssten wir schon noch ein bisschen mehr wissen.«

»Aha.« Walter schüttelte seine braune Mähne, die ihm in fettigen Strähnen bis auf die Schultern herabhing, zog wortlos ein riesiges, braun-weiß kariertes Taschentuch aus seiner Hosentasche, schüttelte es aus, dass es nur so staubte, und schnäuzte gründlich und laut hinein. Dann sah er wieder zu Detlev hinüber.

»Waren Sie denn bereits einmal im Bereich des Facility Managements tätig?« Der schlanke Bad Ischler

Human-Resources-Verantwortliche kam ungerührt zur nächsten Frage.

»Na ja. Jetzt also, nicht so direkt.« Walter schob das feuchte Taschentuch in seine Hosentasche zurück, allerdings nicht, ohne sich vorher damit noch schnell einen kleinen klebrigen Rest vom linken Zeigefinger zu wischen. Dann meinte er, dass er bereits ein paarmal im Puff seiner Freundin ausgeholfen habe, bisher. Dort habe er immer den Kühlschrank auffüllen und die gebrauchten Handtücher und Laken aus den Zimmern holen und in große weiße Säcke tun müssen, die dann gleich später, also am nächsten Morgen, in die Wäscherei weggingen.

»So Sachen, halt«, sagte er noch. »Oder auch mal den Boden wischen, wenn einer da hingekotzt hat. Also, da könnte ich Ihnen Sachen erzählen, wer da von unseren Herren Politikern schon alles gekotzt hat. Des täten Sie mir nicht glauben, Herr Dings, äh. Also, echt gar nicht.«

»Sommerberg heißen wir, Herr Matousek. Graf Detlev von Sommerberg. In Deutschland zumindest. Hier bei Ihnen nur Detlev Sommerberg. Keine Adelstitel leider. Wissen Sie sicher … Ja, sehr interessant.« Detlev stützte seine Ellenbogen auf der Tischplatte auf und legte die Fingerspitzen vor der Brust aneinander. »Nun, Herr Matousek, dann besprechen wir doch gleich einmal die Einzelheiten.«

»Wie? Wir haben es noch nicht?« Walter blickte sichtlich erstaunt drein.

»Nein.« Detlev lächelte flüchtig, bevor er weitersprach. »Bei uns im Facility Management kommen vielfältige Aufgaben im Bereich des Planings, Cleanings, Repairings, Cuttings des Rasens, Pflegen der Flowers, Preparings des Hausflures und im Internal Doorservice auf Sie zu. Sie hätten dort also eine regelrechte Key-Position in unserem Unternehmen inne.«

»Aha.« Walter kratzte sich langsam am Hinterkopf.

»Und da müssten Sie über Ihre alltäglichen Aufgaben hinaus grundsätzlich bereit sein, fleißig und regelmäßig an unseren täglichen Meetings teilzunehmen.« Detlev hob mahnend den Zeigefinger.

»Sicher. Klar.« Walter zündete sich, ohne zu fragen, eine Filterlose an.

»Eigentlich rauchen wir hier nicht, Herr Matousek. Normalerweise ist das streng verboten bei uns im Kongress- und Theaterhaus Bad Ischl. Aber gut. Machen wir heute mal eine kleine Ausnahme und lüften ein wenig, weil wir einen gar so großartig aussehenden jungen Mann zu Gast haben.« Detlev schritt geduldig lächelnd zum Fenster und öffnete es weit.

»Aha.« Walter inhalierte tief, um anschließend eine riesige Rauchwolke über den Schreibtisch zu blasen.

»Trauen Sie es sich denn zu, Herr Matousek«, fuhr Detlev – wieder zurück an seinem Platz – fort, »Ihre täglichen Tasks mit den am Ende dieser Meetings gesignten Vorgaben im Sinne unserer Corporate Identity zu comparen und somit zu proofen, dass Ihr einmal gemachtes Commitment zum Kongress- und Theaterhaus Bad Ischl daily, und hier meine ich auch wirklich daily, immer on Top auf Ihrer Duty-Ranking-Liste steht?« Mit einer aufwendigen Handbewegung wedelte er den dichten, stinkenden Nebel aus Walters Lunge wieder zu diesem zurück.

»Ja, gut. Aber Mittagspause brauch ich schon eine.« Walter bekräftigte sein Statement, indem er einmal mehr ausgiebig an seiner Zigarette zog und sie anschließend auf der leicht abgerundeten Schreibtischkante vor seiner Nase ablegte, um sich dieselbe mit seinem bereits feuchten Taschentuch zum zweiten Mal lautstark zu putzen.

»So eine Sommergrippe ist schon eine unangenehme Sache, Herr Matousek. Wir selbst hatten sie vor zwei Wochen. Umso höher rechnen wir es Ihnen natürlich an, dass Sie Ihren heutigen Termin mit uns trotzdem wahrnehmen. Wir dürfen Ihnen verraten, dass dieses Verhalten schon einmal positiv von uns zur Kenntnis genommen wird.« Detlev tippte kurz eine diesbezügliche Notiz in seinen Computer.

»Ich hab halt einen Mörderschnupfen. Voll scheiße, Mann.« Walter nahm seine Zigarette wieder vom Schreibtisch.

»Aber nun zu Ihrer Frage«, fuhr Detlev fort. »Also eine regelrechte Mittagspause gibt es in unserem Hause im Bereich des Facility Managements eigentlich nicht, Herr Matousek. Aber ein mitgebrachtes Pausenbrot dürfen Sie zwischen zwölf Uhr und ein Uhr während leichterer Aufräumarbeiten gerne verzehren. Das sollte dann auch genügen bis zum Abend. Nicht wahr? Diese andauernde Völlerei heutzutage schadet ohnehin nur der Gesundheit. Und der Figur. Stimmt's, Herr Matousek?

»Hauptsache, ich krieg mein Bier.«

»Da sehe ich leider schwarz. Alkohol nicht während der Arbeitszeit.« Detlev hob den Zeigefinger und schüttelte dabei mit bedauerndem Blick den Kopf.

»Aha.«

»Ja, leider. Dann trinken wir halt abends einen kleinen Schluck. Was, Herr Matousek?«

»Na ja. Wenn's nicht anders geht, Mann.« Walter verzog leicht genervt sein Gesicht.

»Weiter geht's im Text.« Detlev straffte voller Elan seine schmalen Schultern. »Frage: Wenn der Workflow on Duty einmal gestört wäre, hätten Sie dann so viel creative Power, den Supervising Chief in Charge of Facility Management zu callen oder sich anderweitig zu helfen? Bitte seien Sie jetzt ganz ehrlich und wahrhaftig bei Ihrer Antwort.«

»Schon. Aber sind es denn viele Überstunden? Also

überhaupt jetzt, mein ich?« Walter erhob sich, ging zum Fenster, vor dem sich gerade eine wild schimpfende Schar Spatzen in der Krone einer mächtigen Buche versammelt hatte, und schnippte seine Kippe hinaus. Dann setzte er sich wieder auf seinen Platz und begann, mit seinem Zeigefinger im rechten Ohr zu bohren und zu wackeln. Irgendetwas darin schien ihn gewaltig zu jucken.

»Überstunden werden ganz sicher anfallen, Herr Matousek. Mal mehr, mal weniger, aber meistens mehr. Ha, ha, ha. Nicht wahr?«

»Klingt gar nicht gut.« Walter schüttelte langsam den Kopf.

»Ja, so ist das aber hier. Doch nun zu etwas anderem. Und seien Sie versichert, Herr Matousek, das nächste Thema auf unserem Fragenkatalog bleibt ganz unter uns. Haben Sie regelmäßig Geschlechtsverkehr mit Ihrer Frau oder festen Freundin? Oder gehen Sie auch schon mal fremd?« Detlev sprach weiterhin von sich im Plural, lächelte weiterhin zurückhaltend, und sein offizieller Blick zeigte weiterhin keine Regung, die Rückschlüsse auf seine wahren Gedanken zulassen würde.

»Äh, wie jetzt? Wie oft ich schnackseln tu, wollen Sie wissen?«

Eigentlich war das eine absolut unzumutbare Fragestellung und Walter müsste sie auf keinen Fall beantworten.

Abermals holte er sein kariertes Taschentuch heraus. Er wischte sich damit nachträglich noch einen kleinen Tropfen aus dem linken Nasenloch. Dann verdrehte er eine Ecke des verklebten Quadrats so lange, bis ein kleines festes Stoffstäbchen daraus wurde, das er flink in sein rechtes Ohr einführte. Offensichtlich konnte er der Ursache des quälenden Juckreizes mit seinem Finger allein nicht erfolgreich genug zu Leibe rücken.

»Na ja, normal halt so vier bis fünf Mal am Tag«, sagte er dabei leichthin und dachte, dass er gerade eigentlich lieber gehen würde.

»Interessant. Und mit wem?« Detlev nickte ihm aufmunternd zu.

»Mit meinem Schatzi. Und wenn mir des nicht reicht oder wenn mein Schatzi los muss ins Puff, dann besorg ich's mir noch ein paarmal selbst. Aber eigentlich bloß im Sommer, wenn's heiß is. Im Winter is es dann meistens weniger. Manchmal pack ich auch ein, zwei Schwule zwischenrein. Wenn sonst nix da is.«

Walter setzte sich noch ein gutes Stück breitbeiniger auf seinen Stuhl, als er bisher darauf gesessen hatte, und schaute Detlev aus zusammengekniffenen Augen an. Ihm war deutlich anzusehen, dass er sich gerade immens auf das Reinigen seines Innenohrs konzentrierte.

»Na gut, Herr Matousek. Äh. Sehr gut.«

Detlev war die rustikale Art seines Bewerbers bis hierher natürlich nicht entgangen. Aber als geschulter Personaler nahm er auch die sonstigen, eher unbewussten Signale seines, trotz des schlampigen Outfits, wirklich unglaublich gut aussehenden Gegenübers mit dem dunklen Dreitagebart wahr. Und die gefielen ihm alles in allem außerordentlich, diese Signale. Zumindest bestimmt genauso gut wie Walters schöne rehbraune Augen und sein durchtrainierter, großer, schlanker und braun gebrannter Körper.

»Ich bin halt schon oft geil«, schickte Walter noch nach.

Herr im Himmel, sagte sich Detlev. Das ist ein wahrer kleiner Sexgott, der hier vor dir sitzt, Detti. Ein bisschen schmuddelig vielleicht, aber unter der ungepflegten Fassade steckt ein Kern aus Gold. So viel ist sonnenklar. Das sieht man sofort. Da müsste man regelrecht blind sein, um das zu nicht zu erkennen.

Stell dir doch bloß einmal vor, Detti. Eine gründliche Dusche, ein schöner Anzug und ein kleiner Benimmkurs. Ach, du meine Güte. Da würde mich garantiert ganz Bad Ischl beneiden, um dieses knuffige Häschen. Oh, mein Gott, wie aufregend!

»Nun, da wissen wir wirklich schon eine ganze Menge über Sie, Herr Matousek. Nicht wahr?«, fuhr er laut fort.

»Wenn Sie meinen.« Walter zuckte die Schultern.

»Dann wollen wir zum Schluss nur noch kurz zu Ihren Hobbys kommen. Dann haben Sie es auch schon geschafft. Erzählen Sie doch einmal. Was genau machen Sie in Ihrer Freizeit?«

»Also, meine Hobbys sind zuerst mal natürlich viel schnackseln, eh klar. Dann Golfen, dann Schampus saufen, dann Sportwagen fahren, dann Essen gehen und dann noch Urlaub machen. Hä, hä, hä. Des täten Sie wohl auch gern alles tun, was, Herr Sommerzwerg? Oder?«

Walter wickelte das kleine Stoffstäbchen jetzt wieder auseinander, schüttelte sein Taschentuch abermals kräftig aus, verstaute es anschließend in seiner Hosentasche und lehnte sich mit verschränkten Armen in seinem gepolsterten Besucherstuhl zurück.

»Sommerberg, mein lieber Herr Matousek. Mein Name ist Graf Detlev von Sommerberg. Den Graf und das Von dürfen Sie aber wie bereits gesagt gerne weglassen.« Detlev lächelte ausnehmend wohlwollend. Sein inzwischen sehr privater Blick zeigte dabei allergrößtes Interesse an seinem jungen Gast.

»Auch recht.«

»Ja, gut, Herr Matousek … Ich würde sagen, das sollte es für heute gewesen sein. Ich hätte wirklich gerne noch weiter mit Ihnen geplaudert, glauben Sie mir.« Detlev zwinkerte Walter freundlich zu. »Aber die anderen Kandidaten müssen auch noch in Augenschein genommen werden. Für den Fall, dass wir uns für Sie entscheiden sollten, würden wir uns zeitnah schriftlich bei Ihnen melden. Gut?«

»Logisch.« Walter zog noch einmal ausgiebig den Schleim in seiner Nase hoch.

Sie gaben sich die Hände.

»Auf Wiedersehen, Herr Sommerzwerg.« Auch Walter lächelte. Er stand auf, ging zur Tür und verabschiedete sich von dort aus noch einmal. »Also, dann Servus, altes Haus.«

Als er vor dem Eingangstor des Bad Ischler Kongress- und Theaterhauses ankam, zog Walter sein Handy aus der Hosentasche und rief seine Freundin an: »Hey, Jessika, Schatz. Du, es hat alles ganz wunderbar geklappt. Deine geniale Idee mit dem Puff und dem Blödstellen und Nichtbenehmen und mit dem Lügen, was das Zeug hält, wie du das mal im Fernsehen gesehen hast, war einfach super. Der muss echt denken, ich bin total bescheuert und schlampig.«

»Hab ich dir doch gleich gesagt«, erwiderte sie.

»Die nehmen mich nie«, fuhr er fröhlich fort. »Da darf der AMS schön weiterzahlen und wir sehen uns natürlich auch weiter, so oft wir wollen. Ich bin dann gleich bei mir daheim. Kommst du auch? Soll ich Weckerl zum zweiten Frühstück mitbringen?«

»Gern.«

»Gut. Mach ich. Und später gehen wir dann gleich

ins Schwimmbad zu den anderen. Oder musst du heute Nachmittag doch noch arbeiten?« Kleine Sorgenfalten bildeten sich schlagartig über seinen Augen.

»Nein.«

»Super.« Seine Stirn entspannte sich wieder. »Also, bis gleich.«

Noch am Donnerstagabend derselben Woche öffnete Walter, nach einem weiteren herrlichen Sommertag in der Kaisertherme, einen Brief der Personalabteilung des Kongress- und Theaterhauses Bad Ischl:

Sehr geehrter Herr Matousek,

wir freuen uns, Ihnen mitteilen zu können, dass wir uns aus einer großen Anzahl von Bewerbern um die Stelle im Facility Management nach reiflicher Überlegung für Sie entschieden haben. Ihr erster Arbeitstag ist der 1. September. Wir freuen uns darauf, Sie pünktlich um 7.30 Uhr bei uns zu begrüßen.

Mit freundlichen Grüßen
Detlev Sommerberg, Head of Human Resources, im Auftrag der Geschäftsleitung.

Dem offiziellen Schreiben lag auch noch ein kleiner handgeschriebener rosa Zettel bei.

Lieber Walter,

ich würde mich ganz persönlich wirklich sehr freuen, Sie vorher bereits einmal in einem schönen Restaurant zu Champagner und Hummer einladen zu dürfen. Vielleicht irgendwo ganz chic?

Ganz liebe Grüße
Ihr Detti

PS: An geeigneter Kleidung soll das natürlich nicht scheitern. Wie ich bei unserem sehr offenherzigen Vorstellungsgespräch bemerken konnte, haben wir annähernd die gleiche Größe. Da könnte ich Ihnen gerne den einen oder anderen Anzug von mir vermachen. Oder wir suchen zusammen etwas Nettes in der Stadt für Sie aus. Über das Geld dafür müssen Sie sich keine Gedanken machen. Davon ist mehr als genügend vorhanden.

TATJANA KRUSE PRÄSENTIERT:

Die Sissi, die Eugénie und die Frau Josefa ... und warums dem Franzl seine letzte Ruhe nicht gegönnt haben

(von einer männlichen Erzählerstimme mit samtigem Timbre gesprochen)

Alles fing damit an, dass sich Mag. Phil. Franz Fischeneder jun. an einem Sommerabend in Bad Ischl ans Herz griff. Er röchelte einmal kurz auf und sackte gleich anschießend tot von seinem Stammplatz in der 80 Grad heißen Kaisersauna der Salzkammergut-Therme. Der Herr Magister spielt in unserer Geschichte zwar nur eine unbedeutende Nebenrolle, dennoch müssen wir mit ihm beginnen, kommt doch seiner Leiche, besser gesagt seinem Grab, noch besser gesagt seinem Sarg eine Schlüsselrolle zu. Doch der Reihe nach.

Fischeneder wurde noch zur selben Stunde für tot erklärt und gleich zu Beginn der Folgewoche auf dem Friedhof von Bad Ischl im Beisein seiner greisen Mutter und seiner ebenfalls greisen Tante sowie zweier Totengräber zur letzten Ruhe im Familiengrab gebettet, wofür Hochwürden Stimpfl trotz des spärlichen Publikums sehr ergreifende Worte fand, während nur wenige hundert Meter entfernt im Stammhaus der ehemaligen k. u. k. Hofzuckerbäckerei Zauner Fräulein Eugénie Tischlinger mit großer Zufriedenheit – und, wohlgemerkt, noch mit ihren eigenen Zähnen! – in ihren in Handarbeit hergestellten Original-Zaunerstollen biss. Fräulein Eugénie, die zwei Wochen zuvor in ihr 94. Lebensjahr eingetreten war, kam jedes Jahr im Juli in die beliebteste Sommerfrische Österreichs, und das seit nunmehr 70 Jahren … seit jenem denkwürdigen Sommer, als sie – an einem Julitage im Ischler Kurpark flanierend – Franz Lehàr begegnete und sich unsterblich in den Meister verliebte. Der Meister bekam davon nichts mit, zumal er schon bald darauf das Zeitliche segnete, aber diese zart-platonische, auf einem einzigen Blick beruhende Zuneigung wuchs zu einer Liebe heran, die so groß war, so unumstößlich, wie es nur eine unerfüllte Liebe sein kann. Fräulein Eugénie heiratete folglich nie, blieb ihrem Franzl auf ewig treu. Wenn sie auf dem alten Grammofon ihres Vaters selig *Die lustige Witwe* oder *Das Land des Lächelns* abspielte, fühlte sie sich dem Geliebten ganz nah. Und was sie an körperlicher Zuwendung benötigte, gaben ihr Fluffi und Schnuffi, ihre beiden Möpse, bei denen es sich, wenn man genau sein wollte, schon um Fluffi den Siebten und Schnuffi die Neunte handelte, weil so ein Mops erstens eh nicht sehr alt wird und zweitens schon gar nicht, wenn man ihn regelmäßig mit Pralinés füttert, wie es Fräulein Eugénie mit ihren Schoßhunden zu tun pflegte. Nach einem einzigen Bissen in den Zaunerstollen – ein Biss musste genügen, genau so hatte sie über neun Jahrzehnte ihre mädchenhaft schlanke Figur behalten, indem sie alles aß, aber von allem nur einen Bissen – sagte Fräulein Eugénie zu Johann, ihrem Mädchen für alles: »Wenn Sie die Güte hätten, mich jetzt bitte zum Friedhof zu schieben …«

Seit ihrem 88. Lebensjahr machten Fräulein Eugénies Beine nicht mehr mit, weswegen sie in einem Rollstuhl saß, aber das hielt sie selbstverständlich nicht davon ab, am Jahrestag der Erstbegegnung zu ihrem Geliebten zu pilgern, in der immer gleichen Abfolge Park-Zauner-Friedhof-Zauner-Villa, nur nicht heuer, wo es in Ischl wegen der Landesgartenschau sogar noch mehr vor Touristen wimmelte als sonst schon, weshalb Fräulein Eugénie auch schweren Herzens darauf verzichtet hatte, an der Büste ihres Franzls im Kurpark einen Strauß niederzulegen, wie sonst immer. Das Gewusel war der Romantik abträglich.

Darum war sie ja auch gottfroh, dass ihr Jubiläum in den Juli fiel, und nicht in den August, zur Zeit des Lehár-Festivals, wo sie ihre einzig wahre Liebe mit so vielen Unwürdigen hätte teilen müssen.

Während Johann, der eigentlich gar nicht Johann hieß, sondern Yannick – ein Name, der Fräulein Eugénie nicht über die Lippen kommen wollte – das Fräulein, auf deren Schoß Fluffi und Schnuffi saßen, über die Traun rollte, hielt hinter ihnen an der Esplanade eine Pferdekutsche, der Kaiserin Sissi und ihr Gemahl Franz Joseph entstiegen. Das war nun im Grunde einen Monat zu früh, die ganzen Cosplayer zu Kaisers Ehren kamen eigentlich erst im August, aber die Ischler waren Kummer gewöhnt und folglich auch nachgemachte Kaiserpaare zur Unzeit. Diese Sissi hier sah aber auch besonders anbetungswürdig aus, mit einem prachtvollen, weißen, über und über mit Strasssteinen bestickten Festkleid, das die Schultern frei ließ, und einem dicken, braunen Zopf, in den goldene Blumen und ebenfalls Strasssteine geflochten waren. Eine perfekte Nachahmung der bezaubernden jungen Kaiserin in der Blüte ihrer Jahre. Nur der Franz Joseph an ihrer Seite passte nicht recht. Er sah – trotz eindrucksvollem Uniformrock – weder dem Original ähnlich noch

Karl-Heinz Böhm aus den Filmen, sondern wirkte wie ein arg lädierter, zu sehr tätowierter Bantamboxer. Zudem hielt er einen dunkelbraunen Aktenkoffer in der Hand, was dem Eindruck der Echtheit ebenfalls abträglich war.

Auch diese beiden schlugen den Weg über die Brücke ein – was ein zufälliger Beobachter für ungewöhnlich hätte halten mögen, lagen doch alle gängigen Sightseeing-Hotspots auf *dieser* Seite der Traun –, aber keiner schenkte den flanierenden Hochadeligen groß Beachtung.

Wir rekapitulieren also: Während Magister Franz Fischeneder jun. in sein frühes Grab gelassen wurde, schob Johann-Yannick das Fräulein Eugénie zum Friedhof, dicht gefolgt von Kaiserin Sissi und einem schlechten Franz-Joseph-Imitat.

Zur selben Zeit fuhr ein schwarzer Hummer mit Wiener Kennzeichen vor dem Friedhof vor. Zwei Männer – einer groß und bullig mit Bart, der andere groß und hager mit Lockenkopf – stiegen aus. Sie trugen beide Maßanzüge und dunkle Sonnenbrillen. Kurz sahen sie sich um, dann marschierten sie vom Haupteingang aus mit ausholenden Schritten zielgerichtet in die linke, hintere Ecke des Friedhofs, vorbei an einem jungen Paar, das vor dem Gedenkstein von Kammersänger Richard Tauber stand, bis hin zu dem schlichten Steingrab von Leo Perutz, nur wenige Meter von jenem frischen Aushub entfernt, wo Fischeneders greise Mutter, am Ellbogen gestützt von ihrer Schwägerin, unter Tränen gerade etwas Erde auf den Sarg mit ihrem Sohn schaufelte.

Hätte man sich in diesem Moment wie ein Vogel erheben können, so hätte man – immer höher steigend – den Bad Ischler Friedhof in seiner Gesamtheit gesehen, mit seinen über 3.000 Gräbern, den über 100 Urnennischen und den fast 200 Gruften – nicht der größte, aber zweifelsohne einer der schönsten Friedhöfe Österreichs, wenn nicht gar der Welt. Und wäre man dann so als Vogel mit wenigen Flügelschlägen zum Haupteingang geflogen, hätte man etwas weiter unten an der abschüssigen Grazer Straße gesehen, wie sich weitere Besucher näherten. Ein ganz leichter Nieselregen setzte ein.

»Schneller, Johann!«, rief Fräulein Eugénie. Johann-Yannick schnaufte und schob.

Kaiserin Sissi raffte die Röcke, überholte das Fräulein im Rollstuhl und eilte rasch durch den Friedhofseingang nach links, wo angenehm überdacht Oscar Straus ruhte. Während sie vor den Tropfen Zuflucht suchte, damit das herrliche Kleid keinen Schaden nahm, legte ihr mittlerweile ebenfalls eingetroffener Begleiter seine Aktentasche quer über die Ecke des spitzen Eisengitters, mit dem das Grab von Straus eingefriedet war. Er öffnete die Verschlusskappen, hielt jedoch inne, als Fräulein Eugénie an ihnen vorbeigerollt wurde. Gleich darauf betätigte Johann-Yannik die Bremse am Rollstuhl. Sie waren angekommen: Wuchtig erhob sich die majestätische, schwarze Marmorplatte vor Fräulein Eugénie, die tief gerührt »Ach Franzl« seufzte. Die Möpse sprangen von ihrem Schoß auf der Suche nach etwas, das sie anpinkeln konnten.

Die Anzugträger, die trotz des verdunkelten Himmels ihre Sonnenbrillen nicht absetzten, griffen in einer synchronen Bewegung in ihre Anzugtaschen.

Fassen wir an dieser Stelle zum besseren Verständnis noch einmal kurz zusammen: In diesem welthistorisch unbedeutenden, für den Friedhof von Bad Ischl jedoch alles aus den Fugen hebenden Moment fingen die greise Mutter des jüngst verblichenen Magister Fischeneder und ihre Schwägerin an, sehr atonal eine Kirchenhymne zu singen, die Sonnenbrillenträger, deren Blickrichtung wegen der dunklen Gläser nicht auszumachen war, wollten just etwas aus ihrer Anzuginnentasche ziehen, Sissi, die definitiv in Richtung der Beerdigung schaute, lehnte an der Wand neben dem Grab von Oscar Straus, Franz Joseph hob den Deckel seines dunkelbraunen Aktenkoffers an, Fräulein Eugénie seufzte die schwarze Marmorplatte an, Johann alias Yannick kratzte sich im Schritt und Fluffi und Schnuffi schnupperten am Grabstein des Kartografen Gustav Freytag, während das Paar vor dem Grab Richard Taubers etwas tat, das dem Lauf der Ereignisse eine völlig neue Richtung gab und dem Rad der Geschichte einen unumkehrbar neuen Schub verlieh. Die beiden hielten sich in synchroner Bewegung ihre Smartphones vor sich, wischten über die Touchscreens und gleich darauf schmetterte – mit sich selbst im Duett – Richard Tauber *Dein ist mein ganzes Herz*. Das hätte ohne den atonalen Gesang der Fischeneder-Frauen möglicherweise ergreifender geklungen, definitiv aber ohne die Soubrettenstimme, die in diesem Moment anfing, *Warum soll eine Frau kein Verhältnis haben?* zu intonieren, und zwar vor dem Grab von Oscar Straus, aus dem Koffer des Kaisers heraus, vom Band eines Kassettenrekorders. So viel zum Thema Friedhofsruhe.

»Würden Sie bitte die Güte besitzen …«, fing Fräulein Eugénie an.

Derartige Wohlerzogenheit legte Sissi nicht an den Tag. »He, ihr Pappnasen da drüben, Ruhe!«

Das Tauber-Verehrerpaar stellte sich taub.

»He!«, röhrte Sissi. »Ruhe, hab ich gesagt!«

Hochwürden Stimpfl hob beschwichtigend beide Arme, aber zu spät.

Sissi raffte bereits ihre Röcke und stapfte auf das Tauber-Paar zu. Die beiden ignorierten sie, jedoch nur bis zu dem Moment, in dem sich Sissi über das Tauber-Grab beugte, nach dem frisch abgelegten Strauß Rosen griff, sich wieder aufrichtete und wuchtig damit zuschlug.

Die weibliche Hälfte des Tauber-Paares packte daraufhin Sissi am Zopf und zog heftig. Geschrei, Gebell, Tohuwabohu.

In *genau* diesem Moment stürmten zehn Beamte des Einsatzkommando Cobra vom Standort Linz in voller Sturmbekleidung und mit Schutzhelmen und Sturmgewehren im Anschlag den Friedhof. Hochwürden Stimpfl dachte in seiner Überraschung, dass das dann doch eigentlich eine Überreaktion seitens der Staatsmacht wegen so ein bisschen Frauen-Schlammcatchen darstellte.

»Keine Bewegung!«, brüllte der Cobra-Einsatzleiter. »Auf den Boden! Alle! Runter!« Er brüllte es mit enorm großem Stimmvolumen und der Autorität eines Mannes, der wusste, dass sich unter diesen dubiosen Gestalten auf dem Friedhof zwei Personen befanden, die vor wenigen Stunden Diamanten im Wert von fünf Millionen Euro erbeutet und dabei einen Sicherheitsmann angeschossen hatten. Man hatte sie ausfindig machen können, weil eines der Samtsackerl, in denen die Diamanten lagen, mit einem GPS-Chip gekennzeichnet war.

»Runter!«, brüllte der Einsatzleiter noch mal, weil zwar alle wie in Zeitlupe erstarrt waren – die Amazonen-Kriegerinnen vor dem Tauber-Grab ineinander verkrallt, Fluffi und Schnuffi jeweils ein Bein hebend, Fräulein Eugénie im unmutsbekundenden Stirnrunzeln, die Sonnenbrillenträger mit den Händen in den

Taschen –, aber keiner schien das »Runter!« auf sich bezogen zu haben. Das änderte sich schlagartig, als sich aus der Waffe des jüngsten, noch in der Probezeit befindlichen Elitepolizisten versehentlich ein Schuss löste. Von einem Grab etwas weiter rechts stürzte daraufhin schwer getroffen ein vergoldeter Gipsengel zu Boden.

Johann alias Yannick war der Erste, der sich auf den Kiesboden warf, dicht gefolgt von den beiden Sonnenbrillenträgern auf Platz zwei und drei. Den undankbaren vierten Platz sicherte sich der männliche Tauber-Verehrer. Es folgten der Priester und die beiden Totengräber und zuletzt Kaiser Franz Joseph, alle immerhin noch unter den ersten zehn.

»Runter, hab ich gesagt!«, brüllte der Einsatzleiter erneut, weil nach dem Kaiser eine deutliche Pause eintrat. Frauen musste man immer alles zweimal sagen, dachte er unwirsch.

Sissi und die Tauberin ließen sich – immer noch ineinander verhakt – zu Boden gleiten, Mutter Fischeneder rief »Das überleb ich nicht!« und stürzte ins offene Grab ihres Sohnes, wobei sie ihre Schwägerin mit sich riss. Nur Fräulein Eugénie blieb ungeniert sitzen.

Die schwarz gekleideten Elitepolizisten schwärmten aus und legten den am Boden Liegenden allesamt Handschellen an. Mutter Fischeneder und ihre Schwägerin wurden zuvor aus dem Grab gelupft.

»Durchsuchen!«, brüllte der Einsatzleiter, der womöglich gar nicht mehr normal sprechen konnte, nur noch brüllen, Berufskrankheit. »Die dort zuerst!« Er zeigte auf die beiden Sonnenbrillenträger, die jeder für verdächtig halten würde, egal welches Verbrechens sie bezichtigt würden; wer so aussah, musste etwas auf dem Kerbholz haben.

»Wir haben nichts getan«, fiepte der eine mit einer Stimme, die nicht zu seinem ungeschlachten Körper passen wollte.

»Wir sind Krimiautoren«, tönte der andere. »Wir wollten nur einem toten Kollegen unsere Referenz erweisen.«

Aus ihren Anzuginnentaschen wurden Steine gezogen. Ganz normale Steine. Die sie Leo Perutz aufs Grab legen wollten, wie sie versicherten.

»Hm«, brummte der Einsatzleiter. »Jetzt der da!«

Der tätowierte Kaiser wurde gewissenhaft abgetastet.

»Sauber!«, hieß es gleich darauf.

Am Körper von Johann-Yannick fand man zwei Tüten mit Hasch, was Fräulein Eugénie mit den Worten »Und Ihnen habe ich meine unschuldigen Lieblinge anvertraut – nie wieder!« quittierte. Ihre unschuldigen Lieblinge bewässerten derweil die Gräber. Erstaunlich, wie viel Liter so ein kleiner Mops fassen konnte.

Der Einsatzleiter betrachtete die aufgestickten Strasssteine auf dem Kleid der Sissi. »Aha!«, brüllte er. Aber als einer seiner Männer ein paar der Steine abreißen wollte, um sie auf seine Echtheit zu prüfen, zersprangen sie ihm unter den Fingern. Definitiv nicht echt.

»Wir wollten nur einen Walzer tanzen, wirklich«, heulte Sissi. »Wir sind auf Hochzeitsreise.«

Auch das Abtasten des Priesters und der Totengräber ergab nichts. Blieben nur noch die drei alten Frauen. Die Fischeneders ließen es mit sich geschehen, nicht so Fräulein Eugénie. Sie hob eine aufgemalte Augenbraue. Nach jahrzehntelangem Auszupfen wuchs schon lange nicht mehr nach. »Unterstehen Sie sich!«, indignierte sie sich. Weil der Einsatzleiter wusste, dass seine Männer, ohne mit der Wimper zu zucken, selbst geisteskranke Schwerstkriminelle abgetastet hätten, aber bei einem zerbrechlichen, sichtlich an die 100 Jahre alten Fräulein doch anerzogene Bedenken hegten, tat er es selbst. Da kannte er nichts.

»Das Signal kommt von ihr«, flüsterte ihm ein ranghoher Cobrist zu. Der Einsatzleiter tastete nachdrücklicher. Fräulein Eugénie legte all die Empörung in ihren Blick, derer sie fähig war, und sie war zu immens großer Empörung fähig, aber insgeheim fragte sie sich angesichts der zart tastenden Männerhände, ob sie nicht all die Jahrzehnte doch etwas verpasst haben könnte.

»Aha!«, brüllte der Einsatzleiter. Er war fündig

geworden, jedoch nicht an Fräulein Eugénie, sondern an ihrem Rollstuhl. In dessen linken Reifen hatte sich das Samtsackerl mit dem Ortungschip verfangen. Es war jedoch leer.

»Gestehen Sie!«, brüllte er.

»Ich habe keine Ahnung, wie das dorthin gekommen ist, fragen Sie den Junkie, der sich mein Vertrauen erschlichen hat!«, zischte Fräulein Eugénie.

»Was?«, stotterte Johann-Yannick. Da wurde er auch schon abgeführt. Der Einsatzleiter rollte Fräulein Eugénie hinterher. »Meine Lieblinge! Nicht ohne meine Lieblinge!«, rief sie, jetzt doch einen Tick besorgt.

Die restlichen Cobristen waren eine gute Viertelstunde damit beschäftigt, Fluffi und Schnuffi einzufangen. Sie hätten sie ja zu gern einfach erschossen, aber tote Hunde gingen gar nicht, zumal sich mittlerweile vor den Friedhofstoren Schaulustige und Vertreter der Presse eingefunden hatten. Sämtliche Anwesende auf dem Friedhof wurden einkassiert, um eine Aussage zu machen, wogegen alle heftig protestierten – *wir sind auf Hochzeitsreise, wir haben gleich nachher noch eine Lesung, wir müssen eine Beerdigung zu Ende bringen* –, jedoch vergebens. In einem Großraumwagen wurden sie abtransportiert.

Die Diamanten blieben verschwunden.

*

Die Sonne lacht vom strahlend blauen Himmel über Bad Ischl.

Es ist tags darauf. Die beiden Wiener Autoren werden ebenso wie Sissi und Franz Joseph immer noch befragt, weil nämlich alle vier auf ihrer Fahrt nach Ischl nachweislich durch Linz gekommen sind und somit des Raubs schuldig sein könnten, auch wenn sie jedwede Tatvorwürfe heftig abstreiten. Das Tauber-Paar sowie Fräulein Eugénie und Fluffi und Schnuffi sind längst wieder zu Hause, Johann-Yannick ebenfalls, weil der Besitz THC-haltiger Blätter der Gattung Cannabis nach dem Suchtmittelgesetz nicht strafbar ist.

Mutter Josefa Fischeneder und ihre Schwägerin Elisabeth stehen vor dem nunmehr zugeschütteten Grab von Magister Franz Fischeneder jun. und seufzen.

»Wie brillant von dir, die Diamanten geistesgegenwärtig im Grab zu verstecken«, lobt Schwägerin Elisabeth.

»Und wie gut, dass ich sie aus dem Sackerl genommen hab. Sonst würden wir jetzt einsitzen«, lobt Josefa sich selbst.

»Ich hoff, der Franzl nimmt's uns nicht übel, wenn wir ihn demnächst gewissermaßen wieder ausgraben, um uns die Steine zu holen.«

»Ach was, das stört den nicht, der hatte immer schon einen gesegneten Schlaf«, sagt Frau Josefa, hakt sich bei ihrer Schwägerin unter und lächelt fein.

UMZUG

HANS EICHHORN

1

Café Zauner
(A, S, C sitzen an einem Tisch)

C (telefoniert.): Aber …
Ja? … Anton und Silvia sind bereits da …
Warum … warum sollte der jährliche Umzug anders gestaltet werden? …Was heißt hier Ideen sammeln? … Ohne historisches Ambiente?! … Wie sollte das möglich sein?
(Anton und Silvia schütteln die Köpfe, tippen sich an die Stirn.)
Was heißt hier zeitgemäß?
E v a l u i e r u n g?! … So ein Schmarren!
Der Kaiser fühlt sich doch wohl in seiner Haut.
Und die Sissi erst! Sie ist so jung und spielt großartig.
Wann kommst du?
(empört)

Tourismusjahreshauptversammlung?!!
Das hast du doch vorher gewusst!
Und was sollen wir jetzt tun?
...
Die Kriegserklärung nicht unterschreiben!
Keine Weltkriege stattfinden lassen! Sehr witzig!
Die Vereinigten Staaten von Europa ausrufen!
Und was hat das mit unserem Treffen zu tun?
(Anton und Silvia schneiden Grimassen, tippen sich wieder an die Stirn.)
...
Wer will so etwas?
Und was können wir dazu beitragen? ... Die Kostüme verbrennen?!
Schwachsinn!
Es ist das Einzige, das die Leute interessiert und das anziehend wirkt!
... Wir haben schon bestellt. Auf deine Rechnung! ... Wohin soll die Rechnung geschickt werden? ... Kapuzinergruft?! ..

A: Eine Frechheit, zuerst verspricht er uns eine schöne Summe, dann ist er nicht einmal da, um die Zeche zu begleichen.
C: Jetzt hat er aufgelegt.
A (geht aufs Klosett und kommt nicht wieder).
C: Er hat so einen seriösen Eindruck gemacht.

S: Das hat man davon.
C: Komm, wir lassen uns die Torte schmecken.
S: Entschuldigst du mich einen Moment?
(Geht aufs Klo und kommt nicht wieder.)
C: Dann eben nicht.
(Geht ebenfalls aufs Klosett und kommt nicht wieder. Kaffee und Torten stehen noch eine Zeitlang unberührt am Tisch.)

2

Café San Marco in Triest
(A, S, C sitzen an einem Tisch)

A: Und du glaubst, die 100 Euro reichen? Die haben wir schon für Sprit und Mautgebühren aufgebraucht.
C: Das ist nur der Vorschuss, hat er gesagt. Hier und dieses Kuvert, wir dürfen es erst in Opatija öffnen.
S: Lass sehen, wir öffnen es gleich!
C: Opatija, die Partnerstadt von Bad Ischl, er hat gesagt, genau da soll es geöffnet werden.
A: Und wir sollen den Umzug, den historischen, kaiserlichen Umzug in Opatija organisieren?

C: Nicht organisieren, nur Erkundigungen sollen wir einziehen.

A: Wirst sehen, er lässt uns wieder ins Leere laufen! Warum redet er nur mit dir?

C: Vielleicht steht es im Kuvert drinnen?

S: Mach es sofort auf!

C: Erst in Opatija, dem ehemaligen k. u. k.-Badekurort öffnen, hat er gesagt. Also bitte noch circa 100 Kilometer Geduld haben. Wer bezahlt den Kaffee und die Törtchen?

(Er deutet auf A.)

A: Ich hab Benzin und Mautgebühren bezahlt!

C: Gut, dann übernehme ich das. Silvia, du übernimmst das Hotel in Opatija.

S: Er hat uns wieder hereingelegt. Du öffnest auf der Stelle das Kuvert oder ich fahr per Autostopp zurück!

A: Es ist nur ein Vorschuss, hat er gesagt. Mach auf der Stelle das Kuvert auf!

C (etwas ratlos): Wieso eigentlich nicht?! **(Öffnet das Kuvert, nimmt einen Zettel heraus und liest.)** Unter dem Schutzmantel der Steineichen nur ab und zu zarte Regentropfen, und sich die Bora austobt in dem wasserumspülten Felsen mit seinen Rissen, Kleinsthöhlen und schwarzbräunlichem Bewuchs.

A (reißt C das Blatt aus der Hand, liest konsterniert weiter): Kormorane strecken den flinken Schnabel, rollen den

Rücken und katapultieren sich in die Tiefe. Probierst die Bojenkette eingefriedeter Badestrände und das sattgrüne Jugendstilgeländer entlang des Kaiser-Franz-Josef-Wegs.

S (reißt A das Blatt Papier aus der Hand und liest konsterniert weiter): Probierst, ob da nicht ein Funke, eine Wunde, eine Interessensbekundung, die sich deiner bemächtigt und dir die Wassermelodie aufs Papier klatscht. Der Regen wird stärker, arbeitet sich durch das Steineichenblätterwerk.

(Alle drei lesen den letzten Satz gemeinsam)

A, S, C: Du stehst auf, atmest durch und bist doch kaum mehr als wie von ungefähr.

3

Wieder im Café Zauner

(A und S sitzen an einem Tisch. C kommt eiligen Schrittes und freudestrahlend herein.)

C: Er sucht einen neuen Kaiser und eine neue Sissi!

(A und S stehen auf und verlassen fluchtartig den Raum.)

C (bestellt sich einen Kaffee, schüttelt den Kopf): Seltsam.

KAISERSCHMARRN

ANGELA ESSER

1984

»Mein Federpenal hat der Blödmann einfach in den Bach geworfen«, sagt Traudl.

»Monster«, kreischt Carla.

»Man sollte ihm seine Gemeinheiten endlich mal heimzahlen«, denkt Babsi und …

Mia heult.

… der Bartl sitzt bei einem Viertel Wein und einer Portion Kaiserschmarrn mit Zweschkenröster und freut sich darüber, dass in Bad Ischl alles recht ist und einen guten Weg geht.

Manchmal, aber nur manchmal, war ihre Welt rosarot. Die meiste Zeit jedoch war sie grauschwarz mit dicken roten Ausrufezeichen, die ihr ›Vorsicht‹ oder ›Achtung‹ zuriefen und ihre Lebensversicherung waren. Doch als der Anruf kam, hatte sie keine Ausrufezeichen gesehen und auch als sie ihre Sachen zusammenpackte, hatte sie keine Warnung vernommen. Dennoch spürte sie, dass sie eigentlich viel zu alt für den Job war. Vor allem für einen Auslandsauftrag. Wohin flog sie noch einmal? Stimmt, nach Österreich. Wo immer das auch in diesem fucking Europe lag. Irgendwo in der Nähe von Deutschland, hatte John gesagt. Warum das Büro ausgerechnet sie nach all den Jahren in den Staaten dorthin beorderte, blieb ihr ein Rätsel. Aber Fragen stellen, gab es nicht. Sie hatte munkeln hören, dass die Kollegen aus Österreich um Amtshilfe gebeten haben. Schnell, sauber und unkompliziert. Schließlich handelte es sich immerhin um einen amerikanischen Staatsbürger, wenn auch mit österreichischer Herkunft. Der Kontaktmann wartete in Salzburg. Dort würde es weitere Anweisungen geben. Ein letzter Einsatz, danach konnte sie sich endlich zur Ruhe setzen. Mit 50 war Schluss. Ihre letzte Kerbe. Ja, vielleicht sollte sie tatsächlich sogar mal ans Heiraten denken. Oder wenigstens an eine feste Beziehung. Sie holte tief Luft und schaute aus dem Fenster auf die untergehende Sonne. Wenn sie noch mal über alles nachdachte, dann waren das einzig Originelle an diesem Job die Initialen der Zielperson. ›JFK‹, hatte Claire gesagt. Kleines verspätetes Geburtstagsgeschenk. ›JFK‹, sie grinste. Ja, das hatte wirklich mal was. Und die Getränkeauswahl in der Business Class war auch nicht zu verachten. Als die Stewardess an ihrem Platz vorbeikam, bestellte sie sich einen Gin Tonic, holte das Wörterbuch aus ihrer

Tasche und lehnte sich entspannt zurück. Die Welt wurde wieder ein kleinwenig rosarot.

Mike bestellte sich bei der Stewardess einen Bourbon mit Eis und streckte die Füße aus. Es war schon ein paar Jahre her, dass er das letzte Mal nach Hause geflogen war. Er zog die Augenbrauen hoch. Nach Hause. Wie kam er bloß darauf? Bad Ischl war schon lange nicht mehr sein Zuhause. Er wohnte in den Staaten. Seit fast 20 Jahren. Seine Wurzeln konnte man wohl nicht verleugnen, dachte er und trank noch einen Schluck. Langsam breitete sich die Wärme in seinem Körper aus. Natürlich war er öfters in Europa, allein der Geschäfte wegen, aber Bad Ischl, nein, da hatte es ihn in all den Jahren nicht hingezogen. Jetzt flog er wegen einem Deal erst nach Italien, dann nach Deutschland und anschließend nach Salzburg. Und aus welchen Gründen auch immer hatte er beschlossen nach Ischl zu fahren. Zotti hatte ihn zu seinem 40. eingeladen. Mit ihm hatte er noch Kontakt, nicht oft, halt ab und zu. Er war der Älteste, weil er irgendwann eine Klasse wiederholt hatte und so erst später in der Clique aufgenommen wurde. Mike war gespannt, was aus den anderen geworden war. Wahrscheinlich hockten sie noch in diesem Kuhkaff, waren vermutlich brav verheiratet, fett geworden und hatten einem Stall voll Gschrappen am Hals. Diesen Schwachsinn hatte er sich nicht angetan. Noch nicht. Allein die Abfindungen bei einer Scheidung hatten ihn abgeschreckt. Er war reich, steinreich, und bei einer Scheidung verstanden die Amiweiber keinen Spaß. Da war bei denen Schluss mit lustig. Und so weit kam es noch, dass ihm irgendeine seiner Betthasen das Geld aus der Tasche zog. Doch ob er wollte oder nicht, langsam musste er sich Gedanken um einen Erben machen. Von allein fiel der nicht vom Himmel. Vielleicht hätte er damals dieses Mädel nicht so zur Abtreibung drängen sollen, dann wäre das jetzt kein Thema mehr. Der Name des Mädchens fiel ihm gerade nicht mehr ein. Aber eine aus der Heimat, das hatte was Bodenständiges. Unbedingt eine, die dankbar war. Die verstand, auf was es ankam. Traditionen sollten bewahrt werden. Wenngleich Tradition hier Grenzen haben musste. Er würde schon dafür sorgen, dass sein Sohn nicht auf die gleiche Idee kam wie er, um schneller an sein Erbe zu kommen. Dass nicht eine banale Treppe sein Verhängnis werden würde. Wie bei dem guten alten Onkel Seppi. Grinsend lehnte er sich zurück und steckte sich Stöpsel in die Ohren.

1994

»Morgen fliegt er nach Amerika. Nach Kalifornien. Meine Mutter hat gesagt, dass er da studiert und dass er irgendwann von einem entfernten Onkel riesige Zwetschken-Plantagen erben wird«, sagt Traudl.

»Mega-Schwein«, kreischt Carla.

»Millionär wird er jetzt auch noch«, denkt Babsi und …

Mia schluchzt.

… der alte Bartl sitzt bei seinem Viertel Wein und schiebt den Kaiserschmarrn weg. Nein, in Bad Ischl ist nicht alles in Ordnung.

Sie hatte die Nase gestrichen voll. Seit Stunden stand sie im Stau. Sie wollte einfach nur ein langes Bad, eine Massage und ihren Jetlag in die Reihe bekommen. Von Washington nach New York. Dann Frankfurt, Wien, mit dem Mietauto nach Salzburg und jetzt das hier. Ein Riesenbrimborium. Obwohl all dies nur zu ihrer eigenen Sicherheit war, ging es ihr auf die Nerven. Mit jedem Jahr mehr. Aber bald war ja Schluss. Wie hieß dieses Nest? Bad Ischl. Wer dachte sich eigentlich solche Städtenamen aus? Und warum mussten sich diese elendigen Motherfucker immer am Ende dieser Welt rumtreiben? Sie schaltete das Radio ein und suchte verzweifelt einen Sender, auf dem keine Volksmusik oder deutschsprachigen Schlager liefen.

Nach endlosen Stunden auf den Landstraßen konnte sie den Wagen auf dem Hotelparkplatz abstellen und checkte ein. Erst jetzt sah sie, welchen Decknamen ihr das Büro für diesen Job verpasst hatte. ›Emma Peel‹. Völlig daneben. Wahrscheinlich hatte Claire sich das ausgedacht, die stand auf so einen Schwachsinn. Zum Glück war das Mädchen an der Rezeption zu jung, um sich darüber mit seinen Kolleginnen in der Pause vor Lachen den Bauch zu halten. Nein, das Mädchen war ausgesprochen freundlich, sprach hervorragend englisch und trug ein wunderschönes Kleid. Wie nannten sich diese Dinger gleich? Dirndl. Noch so ein Zungendreher.

Das Büro hatte sich nicht lumpen lassen und ihr die Royal Suite gebucht. Wenigstens etwas. Sie genoss den Luxus und freute sich über die Annehmlichkeiten des Hotels, auch über den knackigen jungen Herrn, der sie zu ihrer Suite führte. Obwohl sie eher auf klare Linien und möglichst wenig Schnickschnack stand, gefiel ihr die Einrichtung. Auf den ersten Blick sah das Mobiliar ein wenig angestaubt aus, war aber in sich stimmig und passte zum imposanten Ausblick. Die Berge sorgten für eine besondere Stille, die sie schon lange nicht mehr gespürt hatte. Das Wetter war perfekt, die Sonne schien ihr ins Gesicht und schlagartig war ihre Müdigkeit wie weggeblasen. Einen ganzen Tag lang würde sie es sich gut gehen lassen. Sauna, Massage, Beauty. Das ganze Programm. Gnädig beschloss sie, dass sie sich nicht nur selbst heute Abend im Spiegel, sondern dass sie auch am Lebensende ihrer Zielperson einen hübschen Anblick gönnen sollte.

Während der Taxifahrt stornierte Mike telefonisch seine Hotel-Buchung. Er hatte keine Lust auf all dieses freundliche Getue und Herumschwänzeln, vor allem war ihm nicht nach fremden Menschen. Er wollte seine Ruhe. Zotti hatte ihm in der Mail angeboten, im Haus seiner Eltern wohnen zu können. Er hatte es zu einem Ferienhaus umgebaut und frisch renoviert. Zotti hatte sich allerdings noch nicht entschließen können, es entweder zu vermieten oder zu verkaufen. Und Mike hatte sich spontan entschieden. Einfach so. Hatte den Taxifahrer zu einem Whiskey-Laden fahren lassen und einen netten Tropfen besorgt. Für sich und Zotti. Heute Abend würden sie ein bisschen vorfeiern. Und das Wiedersehen musste natürlich begossen werden. Und bei Zotti ließ er sich nicht auf Experimente ein, weder bei Getränken noch beim Essen, auch früher schon nicht. Aber wenigstens war aus dem was geworden. Gefragter ITler, nicht nur in Österreich. Er war sogar mal in den USA gewesen, hatte ihn besucht. Vor zehn oder elf Jahren. War mit ihm über die Plantagen gefahren. Zotti hatte ihn gefragt, ob das denn mit den Pflaumen das ist, was er wirklich in seinem Leben machen wolle. Früher wollte er doch immer Börsenmakler werden oder so. Mike hatte gelacht. Reich sein war sein Lebensziel. Vielleicht noch berühmt. Unsterblich werden. So was wie die Mozart-Kugeln erfinden. Die hatten ja mit Musik genauso wenig zu tun wie Zwetschken. Ob nun mit Zwetschken oder sonst was, das war ihm völlig egal. Und solange es Menschen gab, hatte er Zotti zur Antwort gegeben, die meinten, sie könnten ihre kulinarischen Exzesse im Urlaub am nächsten Morgen mit ein bisschen Haferflocken und getrockneten Zwetschken aus der Welt schaffen, solange würde er im Geld schwimmen.

Während das Taxi am Wolfgangsee vorbeifuhr, öffnete Mike die Flasche. Nein, Absatzsorgen hatte er wirklich nicht, obwohl er zugeben musste, dass die Verkäufe zurückgingen. Nicht dramatisch, aber sie stagnierten. Diese verdammten Fatburner und -blocker, die mittlerweile jeder in den Staaten vor dem Essen einwarf. Dieses tablettengeile Volk. Er hatte zwar von Anfang an nicht auf die Supermärkte gesetzt, sondern auf Hotelketten und Kreuzfahrtschiffe. Da hockte seine Zielgruppe. Aber auch die wurden immer jünger und hatten mit getrockneten Zwetschken zum Frühstück nichts mehr am Hut. Eigentlich musste er Zotti dankbar sein, denn der hatte ihn letztendlich auf eine neue Geschäftsidee gebracht. Und sein Nachname, den er so viele Jahre gehasst hatte, war dazu Gold wert gewesen.

2004

»Mädels, ihr glaubt nicht, was der da in Kalifornien schafft. Ich hab es in jedem Supermarkt gesehen.

Er verkauft tatsächlich unseren Kaiserschmarrn mit so einem violetten Glibbermatsch als Zwetkschenröster. In Plastik eingeschweißt. Sieht nicht nur absolut widerlich aus, sondern schmeckt auch ekelerregend«, sagt Traudl.

»Mein Gott«, kreischt Carla.

»Man sollte den steinigen«, sagt Babsi und …

Mia schnieft.

… der uralte Bartel sitzt vor seinem Viertel Wein. Manchmal isst er wieder einen Kaiserschmarrn. Manchmal, wenn er mit seinem Enkel essen geht.

Sie sollte öfter reisen, wenn das hier vorbei war. Geld genug hatte sie in all den Jahren ansparen können. Und das lag sicher auf einer Insel. Mit ein paar, wenn auch nicht immer ganz legalen Tipps und Tricks von John war es sogar ein kleines Vermögen geworden. Europa, Asien, Afrika. All das kannte sie nur von Durchreisen, kurzen Aufenthalten. Anreise, Zielperson ausfindig machen, Auftrag ausführen, Abreise. An ihrem Vermögen klebte Blut. Doch jeder Einzelne hatte es verdient. So wie dieser Typ jetzt. Sie konnte sich dunkel an einen Auftrag erinnern, der irgendwie Wirbel verursacht hatte. John hatte damals den Job übernommen. Aber der hier würde jetzt kein größeres Aufsehen erregen. Letztendlich eine kleine Nummer. Alles musste nur – wie immer – sauber über die Bühne gehen. Kleiner Unfall, Selbstmord oder Überfall. Ihr würde schon etwas einfallen. Sie setzte sich auf den kleinen Balkon und nahm sich das Dossier vor. ›JFK‹. So ganz stimmte das mit den Initialen nicht, die Claire ihr genannt hatte, aber es war nah dran. Die Gute wollte ihr den Job vielleicht ein bisschen versüßen. Wahrscheinlich.

Kurz darauf stand sie an der Rezeption, setzte ihr naivstes Mädchenlächeln auf und fragte nach einer Zimmernummer. Lächelte noch ein wenig verschmitzter und fügte verschwörerisch hinzu: »You know, ick habe eine date with Mister Kaiser.«

Sein Kopf war eine einzige Großbaustelle. Presslufthammer, Schlagbohrer, Sägen aller Art hatten sich dort versammelt. Die ganze Nacht hatten Zotti und er die alten Zeiten aufleben lassen und eine Flasche nach der anderen geköpft. Der Whiskey war nur der Anfang gewesen. Jede Menge Wein und Obstbrände waren durch ihre Schlünde gelaufen. Und heute Morgen bekam er die Rechnung präsentiert. Zotti schnarchte noch im anderen Zimmer. Er stand auf und beschloss, an die frische Luft zu gehen. An Kaffee oder irgendetwas Essbares war nicht zu denken. Noch nicht einmal vage. Vielleicht sollte er doch ins Hotel gehen, das Zimmer müsste noch zu haben sein. Die Kosten waren ihm scheißegal. Aber noch so eine Nacht und er würde sterben. Er schlug den Kragen seiner Jacke hoch und zog die Wollmütze tief ins Gesicht. Die Kälte hier machte ihm zu schaffen, wenngleich sie ihn so sehr an seine Kindheit erinnerte. All die Tage, die mit so viel Spaß angereichert waren. So viel Zeit mit herrlichem Nichtstun einfach vergeuden. Er lief an der Traun entlang und versuchte nicht nur seine rasenden Kopfschmerzen loszuwerden, sondern auch den Restalkohol, der in allen Zellen seines Körpers schwamm.

2014

»Marianne hat ihn auch wiedererkannt. Eindeutig. Er ist wieder da«, sagt Traudl.

»Mamma mia, der traut sich was«, kreischt Carla.

»Man sieht sich immer zweimal im Leben«, denkt Babsi und …

Mia seufzt.

… der steinalte Bartl sitzt vor seinem Viertel Wein und der Kaiserschmarrn schmeckt ihm heute ausgezeichnet. Alles kommt wieder ins Reine in Bad Ischl. Dieser aufgeblasene Kaiser würde bald zu spüren bekommen, wo der Bartl den Most holt.

Verwirrt hatte sie die Hotellobby verlassen und war in den Frühstücksraum gegangen, doch ihr Appetit war wie weggeblasen. Die Antwort dieser jungen Rezeptionistin hallte ihr immer noch in ihrem Kopf. Lächelnd hatte sie ihr gesagt, dass ein Herr Kaiser leider nicht im Hotel eingebucht war. Nein, auch nicht ein Franz Joseph Michael Kaiser. Ganz deutlich hatte sie dabei gesehen, dass diese Göre ein Lachen unterdrücken musste, bevor sie weitersprach. Es wäre aber überhaupt kein Problem, ihn zu finden, sie würde ihn sofort erkennen. Auf der Esplanade wäre er heute Morgen, danach eventuell im Kurhaus, auf jeden Fall heute Nachmittag vor der Kaiservilla. Kaiservilla? So what the hell … sie unterbrach ihre Gedanken, nahm den kleinen Stadtplan in die Hand und suchte den Weg zu dieser Esplanade. Unterwegs kam sie an einem Café vorbei, der Duft war die Sünde pur. Sie ging hinein und bestellte sich einen Mokka, um sich zu sammeln. Sie schlug die kleine Speisekarte auf und hob die Augenbrauen. Kaiserkaffee, Kaiserwein, Kaiserschmarrn … sie schüttelte den Kopf, als müsste sie einen unangenehmen Traum verjagen. Sie nahm ihr Smartphone in die Hand und tippte *Schmarren* ein. *Unsinn* stand da. Das war ja mal eine Antwort. Sie schüttelte noch einmal den Kopf. Irgendetwas stimmte hier nicht. Sie stürzte den Mokka hinunter, verbrannte sich dabei die Zunge und fluchte. In diesem Augenblick bemerkte sie eine Unruhe im Café. Sah, wie plötzlich Menschen hinausliefen und ihre Handys zückten. Sah, wie Menschen »Der Kaiser, der Kaiser« riefen und fröhlich winkten. Sie zwängte sich an der Menge vorbei, um festzustellen, wem die Aufmerksamkeit galt. Sah, einen alten Herrn in Uniform mit einem altertümlichen Bart. Sah, wie er den Umherstehenden genauso fröhlich zurückwinkte.

Es dauerte eine Weile, doch dann lachte sie laut auf, sie hatte ihre Mischpoke durchschaut. Verspätetes Geburtstagsgeschenk, der letzte Auftrag. Sie hatten sie auf den Arm genommen und ihr einfach einen Kurztrip nach Europa geschenkt. Hammer! Die Überraschung war ihnen gelungen. Kaiser Franz Joseph. Sie lachte noch einmal laut auf. Ein einziger – wie hieß das Wort noch? – Schmarren. Genau, alles war ein einziger Schmarren. Ihr wurde warm ums Herz, sie liebte ihr Büro. Sie liebte diese großartige Familie. Auf dem Rückweg loggte sie sich bei Facebook ein und ging auf die verabredete Stelle und tippte einen Kommentar ein. *Claire, my dear, you daughter of a bitch – LOL;)*,

Im gleichen Augenblick traf völlig lautlos eine Kugel ihr Herz und ein Mann bugsierte sie unmittelbar darauf in ein Taxi. Die winkenden Menschen um sie herum erreichten ihren Sehnerv nicht mehr, auch nicht die Antwort auf Facebook von Claire.

Bye Bye, JFK. Fairwell, Joanna Francis Kelly!

Er atmete tief ein. Dass er Ischl in all den Jahren vermisst hätte, konnte er nicht behaupten, aber hier zu sein, hatte etwas Beruhigendes. So als sei man am Ziel angekommen. Langsam ging er die Stufen zum Eingang hinauf. Nach wie vor brummte sein Schädel und er ärgerte sich, dass er auf dem Weg nicht an einer Apotheke angehalten hatte, um irgend so ein Gegengift einzuwerfen. Zu nah durfte er niemandem kommen, er stank wie eine billige Kneipe. Nach kaltem Zigarettenrauch und Fusel. Und sein Äußeres verbesserte sein Auftreten auch nicht gerade. In diesem Augenblick sah er einen alten Mann, der auf ihn zukam, dabei Schritt für Schritt ein steifes Bein nach sich ziehend. Der Bartl. Mike erkannte ihn sofort. Auch nach all den Jahren. Wie oft war der Alte mit dem Knüppel hinter ihm hergerannt, hinkend, wohlwissend, dass er ihn nie einholen würde. Laut fluchend, wenn er mitbekam, dass er und Zotti seinen Hund mit Schnellbällen beworfen hatten, in denen Steine versteckt waren. Wenn er die Kätzchen in die selbstgebauten Fallen lockte. Wenn er das Gemüse zertrampelte. Nein, den Bartl konnten Zotti und er nicht leiden, und sie hatten nichts ausgelassen, um ihn zu provozieren, den Griesgram. Glücklicherweise war er mit seiner Mutter in die Staaten geflogen, bevor der Bartl mitbekommen hatte, dass Mike mit dessen Tochter … Verdammt, er kam nicht auf den Namen. Aber er fiel ihm schlagartig ein, als er sie sah. Mia. Sie stand in der Lobby mit Babsi, Traudl und Carla, während der Bartl den Weg zu den Toiletten nahm und die Treppen hinunterhumpelte. Mike versuchte unauffällig zu einer der Sitzgelegenheiten zu gelangen, still zu verharren, bis die Gruppe gegangen war. Und dann entdeckte er, direkt neben Mia noch jemanden. Einen jungen Mann in Hotellivree. Er sah sich selbst. Sah sich, wie er mit 20 ausgesehen hatte. Die gleichen Gesten, das gleiche Lachen. Daneben Mia. Ein bisschen älter, aber sie sah noch genauso aus wie damals.

Langsam senkte sich vor seinem inneren Auge eine Glaswand. Die Welt erschien ihm wie ein Theaterstück, bei dem er Zuschauer war. Er wagte kaum zu atmen, sortierte seine Gefühle. Zorn und Wut, weil sich dieses Weibsstück nicht an die Abmachung gehalten hatte. Sie hatte nicht abgetrieben. Gleichzeitig merkte er, wie er trotz seines immer noch benebelten Hirns jubelte. Er hatte einen Sohn. Leibhaftig. Hier in Ischl. Die Gruppe schien aufzubrechen. Er blickte um sich, suchte eine Stelle, wo er unauffällig verschwinden konnte, ging zu den Treppen, die hinunter zu den Toiletten führte. Fühlte sich wie in Eis gegossen. Atmete schwer. Doch er spürte auch, wie die Gruppe immer näher kam und auch auf die Treppen zusteuerte. Er versuchte seine Schritte zu beschleunigen, drehte seinen Kopf kurz nach hinten. Ging ein paar Stufen, drehte den Kopf noch einmal. Aber die Gruppe verringerte den Abstand. Schwerfällig sprang er ein paar Stufen hinunter, fand keinen Halt mehr und sah vor allem nicht den alten Mann, der ihm entgegenkam.

… immer noch 2014

»Man soll ja nicht schlecht über Tote reden«, sagt Traudl.

»Mausetot ist er«, kreischt Carla.

»Mike, Mike, Mike«, denkt Babsi und …

Mia ist ganz still.

… der Bartl sieht um Jahre jünger aus, dass es sogar seiner Tochter, der Mia auffällt, als sie ihm den Kaiserschmarrn auf den Tisch stellt. Den Zwetschkenröster, sagt sie, schicken wir dir demnächst aus den USA immer zu. Oder noch besser, du kommst einfach mit, was meinst?

KURSCHADEN

ERICH WEIDINGER

Bad Ischl

E: Elisabeth Lehner – zurzeit auf Kur in Bad Ischl
L: Ludwig Lehner – zurzeit Strohwitwer in der gemeinsamen Wohnung in Wels

2. Tag der Kur in Bad Ischl – Donnerstag

L: Hallo, Elisabeth! Hörst du mich?
(Was ist denn mit dem Telefon los? Normalerweise müsste der Empfang ja sehr gut sein.)
E: Warte, ich geh auf den Balkon, da funktioniert es besser!
(Gott im Himmel, warum ruft er jetzt schon an. Na das kann ja heiter werden!)
L: Wie geht es dir? Hattest du schon diverse Anwendungen?

E: Ludwig! Ich bin erst den zweiten Tag hier, ab morgen geht es richtig los. Den Therapieplan bekomme ich heute vor dem Abendessen. Bin selber schon gespannt darauf.
Heute habe ich nur Unterwasser-Gymnastik und einen Vortrag über Ernährung, den ich mir zwar sparen könnte, aber als Kurgast muss man ja alles mitmachen.
L: Ja, klar. Ich denke, es ist nichts umsonst.
(Ernährung ist gerade bei ihr ein Thema, die untere Bauchschwarte nimmt gefährliche Ausmaße an.)
E: (Das sagt der Richtige!)
Füttere die Katze und vergiss ja nicht, meine Pflanzen zu gießen. Die im Schlafzimmer brauchen mehr als …
L: Lisi! Das hast du mir schon dreimal gesagt! (Mein Gott, gibt es nichts Wichtigeres als ihr Vieh und das Grünzeug?) Hast du nette Tischnachbarn?
E: Ja, eine Witwe aus Freistadt und ein lustiger Kärntner. Ich bin sicher, hier kann ich es aushalten.
(Der Kärntner ist wirklich ein fescher Kerl. Hat nur ein Knieproblem, sonst scheint er in Topform zu sein.)
L: (Hör ich da etwas aus ihrer Stimme?)
Aha, ein lustiger Kärntner!
E: Ja, ein Kärntner. Es gibt in diesem Kurhaus viele Menschen, dazu gehören auch Frauen und Männer aus anderen Bundesländern. Das mit deiner Eifersucht haben wir vorher bereits besprochen, oder?
(Geht das jetzt schon los!? Lieber Gott, schick ihm eine

starke Grippe, damit seine Gehirnwindungen noch mehr aufgeweicht werden.)

L: Ja, haben wir. Ich habe nur so nachgefragt.

E: Du, Ludwig, ich muss mich jetzt umziehen. Wir können ja am Wochenende nochmals telefonieren. Du brauchst wirklich nicht kommen. Fahr lieber an den Attersee, da gehört der Rasen gemäht und außerdem brauchst du auch wieder mal Erholung von deinen Schülern. Vergiss nicht, am Montag ist ein Feiertag, da hast du frei. Also dann Bussi, bis bald!

(Bitte lieber Gott, wenn schon keine Grippe, dann lass ihn wenigstens zum Attersee fahren. Ich will das Wochenende ohne ihn genießen.)

L: Ja … Bis bald … Aufgelegt! (Wieso soll ich sie nicht besuchen, es ist doch vom Attersee ein Katzensprung nach Bad Ischl? Ist da was mit dem lustigen Kärntner im Busch?)

4. Tag – Samstag

E: … und frisst Blacky ihr Trockenfutter?

L: Ja! Lisi! Die Katze frisst und wird von Tag zu Tag noch dicker. (Oh je, die habe ich seit gestern nicht mehr gesehen. Die hat sich hier in der Wohnung irgendwo verkrochen. Sie mag wahrscheinlich kein Trockenfutter. Aber das grausige Dosenfleisch rühr ich nicht an, da kann sie schwärzer werden, als sie schon ist.)

E: Und meine Blumen und …

L: Ja, die Pflanzen wachsen und gedeihen weiterhin.
(Mist, die im Schlafzimmer habe ich vergessen.)

E: Bist du schon am See …

L: Nein, ich fahre jetzt nach Abtsdorf. Und ja, ich werde den Rasen mähen!
(Die will mich nicht in Bad Ischl sehen!)

E: Ich denke es müsste mal gesaugt werden!

L: Mmh, Staubsaugen …

E: Zuhause auch!

L: Was? Ja, Frau General, natürlich auch zu Hause.

E: Die Schmutzwäsche legst du in den Korb, wie vereinbart. Anita wird sie am Dienstag holen.
(Ich weiß genau, dass seine Sachen überall herumliegen. Er wird erst aufräumen, wenn Anita kommt, dieser Schmutzfink!)

L: Ja, die Schmutzwäsche liegt im Wäschekorb.
(Zum Glück haben wir noch kein Bildtelefon!)
Wie ist denn der Bade- und Saunabereich in der Kaisertherme? Ich war schon lange nicht mehr dort!

E: Ich war für ungefähr zwei Stunden im Poolbereich. Schwimmen. In der Sauna war ich noch nicht. (Er muss ja nicht alles wissen.)
Ich bin tagsüber mit Therapieterminen voll im Stress.

(Hilfe! Kann er mich nicht mal für eine paar Tage in Ruhe lassen?)
Du kannst ja nächstes Wochenende kommen, ab Samstagnachmittag habe ich keine Termine mehr, da können wir zu zweit den Thermenbereich genießen. Was meinst du? (Hoffentlich steigt er darauf ein. Dann wäre die Pflichtübung abgeschlossen.)
L: Ja, das können wir so machen. Vielleicht komme ich am Feiertag auch nach Ischl. Da wird dir sicher schon langweilig sein. Ich möchte wieder mal in die Bergwerksauna.
E: Wir werden schon sehen. Ich habe am Feiertag auch ein paar Anwendungen. Wie sieht es zu Hause aus?
L: (Das willst du nicht wirklich wissen.)
Nicht so schlimm. Natürlich fehlst du hier! Ich bemühe mich, alles in deinem Sinne zu erledigen.
E: (Ich fehle? Aber ich fehle nicht dir, oder? Lügner!)
Mein Schatz, ich muss jetzt los. Ich soll jetzt mit der Walking-Gruppe eine drei Kilometer lange Runde gehen. Wir hören uns. Ja?
L: Alles klar, Schatz. Darf ich dich morgen früh nochmals anruf… Aufgelegt!

7. Tag - Dienstag

L: Endlich hab ich dich am Telefon. Du hast seit Samstag nicht mehr abgehoben. Was ist los mit dir? Ich habe mir Sorgen gemacht.
(Ob sie gerade allein ist?)
E: Ich war krank. Ich habe mich beim Walken so stark verkühlt, dass ich zwei Tage das Bett hüten musste. Ich konnte das Zimmer nicht verlassen und war nicht ansprechbar. Ich hätte es nicht mal geschafft, mit dir am Telefon ein vernünftiges Gespräch zu führen.
(Ist nicht ganz gelogen. Ich bin wirklich den ganzen Sonntag gelegen.)
L: Du hörst dich aber wieder ganz gesund an. Man hört nicht, dass du krank warst!
(Sollte ich ihr sagen, dass ich am Montag in Ischl in der Kaisertherme war?)
E: Ich bin hier im Kurhaus nur von gesundmachenden Menschen umgeben. Eine bessere Betreuung gibt es nirgends. Die haben mich echt fantastisch betreut.
(Vor allem der Frank mit seinen heilenden Händen. Ich mochte den Kärntner-Dialekt immer schon.)
L: Dann warst du gar nicht in der Sauna oder in der Therme? (Gesehen habe ich sie nirgends.)
E: Nein, wo denkst du hin. Ein Kranker hat in einer Therme nichts zu suchen. Aber vielleicht gehe ich

morgen. Spätestens am kommenden Wochenende testen wir sowieso miteinander das Bad.
(Schade, dass Frank auch von seiner Familie Besuch bekommt.)
Wie lange warst du in Abtsdorf?
L: Bis Montagmittag.
(Sie verheimlicht mir etwas. Ich hör das! Da stimmt was nicht!)
E: Was macht Blacky?
L: (Dieses blöde Katzenvieh hat auf den Teppich geschissen und mein Lieblingspolster zerfetzt, nur weil ich vergessen habe, die Badetür offen zu lassen, wo das Katzenklo steht.)
Der geht es gut. Ich denke sie ist beleidigt, weil du nicht da bist. Von mir lässt sie sich nicht streicheln, und das Trockenfutter akzeptiert sie nur mit ärgerlichem Miauen.
(Dass ich sie mitsamt ihrem Katzenklo auf den Balkon ausgesperrt habe, muss ich ja nicht sagen.)
E: Jaja. So ist sie, meine geliebte Katze. Wie viele Pflanzen sind schon eingegangen?
(Ich kenne meinen Mann. Auch wenn er es hundertmal bestätigt …)
L: Den Stock mit den Blüten, die wie Plastik aussehen, hat die Katze heruntergerissen, der Rest sieht nicht so schlecht aus. Denen fehlt nur dein grüner Daumen.
(Ich darf nicht vergessen, dass ich die Pflanzen im

Schlafzimmer durch neue ersetze, kurz bevor sie zurückkommt.)

E: War Anita schon da?

L: Nein, aber sie wird gleich da sein. Du, ich muss dringend mal, ich ruf dich morgen an.

E: Hör mal Liebling … ich sollte dir noch … Aufgelegt.

L: (Die Anita habe ich doch glatt vergessen. Spitze. Da habe ich noch eine Menge Arbeit vor mir, so wie es hier aussieht. In die Küche darf ich sie nicht lassen. Und den Vorhang zum Balkon muss ich wegen der Katze noch zuziehen und … und … und …)

9. Tag – Donnerstag

E: Ich kann dir sagen, ich bin so was von müde. Das machen die vielen Anwendungen. Bäder, Übungen, Massagen, Wandern und Gymnastik. Das bin ich alles nicht mehr gewohnt.
(Und so guten Sex, wie mit dem Frank, hatte ich auch schon lange nicht mehr.)
Wie geht es dir so?

L: Ich bin auch müde. Aber von meiner Arbeit und nicht vom Nichtstun! Massagen hätte ich jetzt auch

gerne. Wo warst du gestern Abend? Ich habe dich öfters angerufen!
(Mal gespannt, welche Ausrede sie mir auftischt!)
E: Gestern war Tanzabend. Den veranstalten sie hier alle 14 Tage für die Kurgäste. War nett. Ich konnte den Altersdurchschnitt um ein paar Jahre senken. Du kannst dir vorstellen, mit welcher Power der Abend ablief. Jetzt weiß ich wenigstens, wie ein geriatrischer Unterhaltungsabend abläuft.
L: Mhm. Hört sich wirklich langweilig an.
(Falsche Kuh. Ich war gestern Abend in Bad Ischl und habe sie mit einem fremden Mann im Stehbeisl am Auböckplatz gesehen.)
Warum hast du nicht zurückgerufen?
E: Wir sind anschließend in einer kleinen Gruppe noch kurz in ein Lokal ganz in der Nähe gegangen. Natürlich verbotenerweise, da einige doch etwas mehr Alkohol getrunken haben.
L: Mmh. War dein Promillegehalt auch stark erhöht?
(Seit wann sagt man zu einem Paar Gruppe?)
E: Nein, ich hatte nicht zu viel getrunken, was du wissen müsstest, du kennst mich lange genug.
(Aber die Flasche Sekt danach mit Frank hat mich in jeder Hinsicht geknackt. Wusste gar nicht, dass das in meinem Alter noch möglich ist.)
L: War der lustige Kärntner ebenfalls dabei?
E: Ja, der Kärntner war auch dabei. Warum fragst du?

(Das war richtig geil mit dem Frank!)
L: (Da hab ich wohl laut gedacht!)
Nur so, weil du ihn ja als Tischnachbar erwähnt hast. Ist er immer noch so lustig?
E: Schatz! Höre ich da wieder eine Menge Eifersucht in deiner Stimme? Du weißt, das ist bei mir nicht angebracht.
L: Ja, ich weiß, das sagst du immer! Ist doch ein gutes Zeichen, wenn der Ehemann eifersüchtig ist, oder?
(Und wie soll ich es sonst deuten, dass er ihren Oberschenkel gestreichelt hat?)
Wann soll ich kommen?
E: Am Samstag, ab 14 Uhr, vorher habe ich noch Therapien. (Früher will ich ihn hier nicht sehen.)
Ich habe dich an der Rezeption schon für eine Nacht angemeldet. Ich freu mich auf dich!
(Vielmehr noch auf die heutige Nacht mit Frank.)
L: Aber ich wollte doch zwei Nächte blei… Aufgelegt.

13. Tag – Montag

L: Der Aufguss mit dem dicken Saunawart war echt gut und vor allem witzig. Der ist ein echtes Original in

Bad Ischl. War ein schönes Wochenende mit dir. Auch wenn du manchmal etwas abwesend gewirkt hast.
(Nicht einmal im Bett hat sie mich richtig rangelassen. Da stimmt was nicht!)
E: Das sind die Auswirkungen der Kuranwendungen. Glaub mir, vielen anderen geht es auch so. Mein Körper und auch mein Geist hat das alles zu verkraften. Es wirkt sich enorm auf die psychische und physische Vitalität aus. In der dritten Woche ist wieder mit einer Steigerung zu rechnen. Das hat mein Arzt gesagt.
(Ich hoffe er schluckt das. Aber ich wollte einfach nicht mehr mit ihm.)
L: Du wählst Worte wie aus einem Informationsblatt der Kurverwaltung. Hast du das auswendig gelernt? Oder liest du es gerade ab?
(Das wäre doch gelacht. Ich habe mich für diese Woche krankgemeldet und bleibe in Bad Ischl. Denen werde ich noch auf die Schliche kommen. Der Rudolfspark ist der geeignete Ausgangspunkt, um zu spionieren.)
E: So sprichst du nicht mit mir. Ich habe jetzt ein Therapiebad. Das werde ich jetzt genießen. Du kannst mit mir telefonieren, wenn du wieder einen normalen Ton drauf hast.
L: Sorry, ich bin halt ein wenig … Aufgelegt.

17. Tag – Freitag

L: Dies ist die Mailbox von Ludwig Lehner. Ich bin gerade nicht erreichbar. Bitte sprechen Sie nach dem Ton. Ich rufe so bald wie möglich zurück.
E: Hallo, Ludwig! Anita hat mich angerufen, dass du nicht aufgemacht hast und dass die Katze ständig schreit. Zum Glück habe ich ihr für alle Fälle einen Schlüssel gegeben. Sie hat die Wohnung in einem fürchterlichen Zustand vorgefunden. Vergammelte Lebensmittel, eingetrocknete Blumen und eine fast verhungerte Katze am Balkon. Was ist los mit dir! Und wo bist du! Melde dich!
SMS von L an E: Schlampe!!!

18. Tag – Samstag

L: Dies ist die Mailbox von Ludwig Lehner. Ich bin gerade nicht erreichbar. Bitte sprechen Sie nach dem Ton. Ich rufe so bald wie möglich zurück.
E: Warst du das? Hast du das Zimmer von Frank aufgebrochen und all seine persönlichen Sachen im Gang und im Garten verstreut? Wo bist du? Melde dich endlich!
SMS von L an E: Frank???

SMS von E an L: Frank hat die Polizei informiert!
SMS von L an E: Warum?
SMS von E an L: Bitte lass das. Am Mittwoch ist die Kur zu Ende, dann können wir in Ruhe reden. Bitte!!!

19.Tag – Sonntag

L: Dies ist die Mailbox von Ludwig Lehner. Ich bin nur für meine Frau nicht erreichbar. Alle anderen werden verlässlich von mir zurückgerufen. Bitte sprechen Sie nach dem Ton.
E: Ludwig, bitte lass den Wahnsinn. Du kannst doch nicht einfach das Auto von Frank zerkratzen. Was soll das. Komm bitte zur Besinnung. Wenn du willst, reden wir heute noch. Da du doch sowieso in Bad Ischl bist. Bitte ruf mich an und lass die blöden SMS.
SMS von L an E: Reden? Frank?
SMS von E an L: Ja! Ohne Frank!
(Das Handy von E läutet.)
L: Rede!
E: Gott sei Dank. Ludwig. Bitte! Lass den Unsinn. Können wir uns treffen?
L: Rede!
E: Die Polizei sucht dich schon. Frank ist bereit, von

einer Anzeige abzusehen, wenn du zur Vernunft kommst.
L: Wie gnädig!
E: Ludwig, bitte! Ich … Aufgelegt
SMS von L an E: Lebewohl!

20. Tag – Montag

L: Dies ist die Mailbox von Ludwig Lehner. Ich bin nur für meine Frau nicht erreichbar. Alle anderen werden verlässlich von mir zurückgerufen. Bitte sprechen Sie nach dem Ton.
E: Ludwig, bitte. Ich kann meine Kur gar nicht mehr genießen. Wo bist du? So kann ich nicht weitermachen. Bitte lass uns das klären!
SMS von L an E: Klären?
SMS von E an L: Wenn du nicht vernünftig wirst, werde ich dich verlassen!
SMS von L an E: Das hast du bereits!
SMS von E an L: Bist du noch in Bad Ischl?
SMS von L an E: Abtsdorf!
SMS von E an L: Glaube ich dir nicht!!!

21. Tag – Dienstag

L: Dies ist die Mailbox von Ludwig Lehner. Ich bin auf unbestimmte Zeit nicht erreichbar. Ich werde nicht einmal meine Frau zurückrufen. Bitte haben Sie Verständnis und sprechen Sie möglichst nicht nach dem Ton.
E: Hallo, Ludwig. Sepp hat dich gestern Nacht in Abtsdorf besoffen angetroffen. Ich hab mir schon Sorgen gemacht. Morgen ist mein letzter Kurtag. Auch der von Frank. Ich werde meine wichtigsten Sachen aus Wels holen und vorübergehend bei meiner Mutter wohnen.
SMS von L an E: Lass dir Zeit. Ich bleibe in Abtsdorf!
SMS von E an L: Was ist mit deiner Arbeit?
SMS von L an E: Geht dich nichts mehr an!
SMS von E an L: Können wir miteinander reden?
SMS von L an E: Nein, bin immer noch zu besoffen.

22. Tag – Mittwoch

SMS von E an L: Das geht zu weit. Du bist wahnsinnig! Hättest du den Schaden bezahlt, hätte Frank die Anzeige bei der Polizei zurückgezogen, aber so!?
(Das Handy von E läutet.)
L: Was redest du da von Schäden und Polizei?

E: Frank liegt im Krankenhaus. Du hast ihn aus dem Fenster gestoßen!

L: Hab ich nicht!

E: Aber du hast doch … du warst doch in Ischl? Nicht wahr?

L: Ja, da war ich schon des Öfteren!

E: Du hast doch die Tür aufgebrochen und …

L: Nein! Das war ich nicht!

E: Und das Auto. Das hast du mit deinem Autoschlüssel …

L: Nein! Das war ich nicht! *(rülpst laut ins Telefon)*

E: Aber wer soll es dann gewesen sein?

L: Seine Freundin!

E: Freundin?

L: Lebensgefährtin, so kann man auch sagen.

E: Von wem?

L: Frank – so heißt er doch. Oder?

E: Frank! Er liegt im Krankenhaus!

L: Soll ich jetzt Mitleid haben?

E: Nein. Ludwig, es tut mir leid … Ich …

L: Seine Freundin ist auch nicht schlecht im Bett.

E: Was? Wie … Hast du …

L: Sie war im selben Hotel wie ich. Zum Observieren. Sie war wirklich gut. Aber nichts für die Zukunft.

E: Ludwig? Was soll ich sagen? Dann sind wir ja wieder quitt – oder?

L: Nein!

E: Aber … Aufgelegt!
Elisabeth lebt heute mit dem lustigen Kärntner am Gardasee, zu dessen ehemaliger Freundin niemand mehr Kontakt hat. Ein leichtes Hinken mit dem rechten Fuß bleibt Frank als Kurschaden auf alle Zeiten erhalten. Die Katze verbrachte ihre letzten Jahre, und deren waren es nicht mehr viele, bei Anita.

Ludwig genießt seither das Single-Dasein und hat sich inzwischen zu einem brauchbaren Hausmann entwickelt, mit gelegentlicher Hilfe vonseiten Anita. Seine Wohnung in Wels und am Attersee hat er behalten. Sein persönlicher Kurschaden bedeutete lediglich ein bisschen abhandengekommener Hausrat und das Auto, dessen Jahre auch schon gezählt waren. Leicht zu verschmerzen.

Ob Ludwig im Nachhinein seine gescheiterte Ehe als Kurschaden betrachtet, sei dahin gestellt.

ISCHLER SPITZEN

GABRIELE DIECHLER

Lieber Hans-Georg,

ich freue mich, Nachrichten aus der Heimat zu bekommen. Und das heute, wo ich das Wenige, das ich aus Ischl mitgenommen habe, in meine neue Wohnung in Brooklyn – sie liegt im dritten Stock eines hübschen Backsteinhauses – hochschleppe.

Für mich ist der Auszug aus dem Hotel, aus dem ich dir eine Karte geschrieben habe, nicht nur eine finanzielle Frage, sondern vor allem ein Schritt in Richtung Selbstständigkeit. Wie du sicher vermutet hast, werde ich vorläufig hier bleiben. Deshalb habe ich auch einen Job angenommen. Ich betreue seit einigen Tagen den zehnjährigen Sohn eines Ehepaars, das zwei Straßen weiter wohnt. Ich gebe ihm Nachhilfe in Deutsch und rangele mit ihm herum, wenn er seine Kräfte ausprobieren will. Offiziell bin ich nun ein männliches Au-pair. So sieht mein Neuanfang in den Staaten aus.

Du schreibst in deiner Mail, dass du noch immer nicht fassen kannst, dass jemand wie ich, der sein Lebtag auf eine Art sesshaft war, die man träge nennen musste, plötzlich auf und davon ist. Am Stammtisch habe ich einmal scherzhaft erzählt, wie gern ich ein Jahr in New York oder einer anderen Metropole verbracht hätte. Natürlich habt ihr alle – zu Recht – vermutet, ich spräche von einer Tat, die ich in der Jugend verabsäumt hatte und die in meinen fortgeschrittenen Jahren nicht nachzuholen war. Raus in die Welt, um über den Tellerrand des Salzkammergutes hinauszublicken – das macht man, bevor der Alltag und das gewöhnliche Leben einen im Griff haben. Aber doch nicht in meinem Alter.

Und wenn doch, muss etwas dahinterstecken, sagtest du bei unserem letzten Treffen im Café Zauner, als ich noch einmal davon anfing.

Du hast recht, Hans-Georg. Ich bin nicht nur zum Vergnügen fortgegangen. Ich ging, um eine schreckliche Tat, die ich zufällig mit ansehen musste, hinter mir zu lassen. Tag und Nacht hat mich der Gedanke gequält, ob ich vom Mitwisser zum Ankläger werden soll. Ich denke, letzten Endes bin ich vor dieser Entscheidung geflohen.

Hier, in New York, wird das, was ich gesehen habe, hoffentlich mit der Zeit verblassen. Wenn ich die Polizei einschalte, ändert das nichts, denn es gibt längst einen Toten und ich habe wohl meinen Teil dazu beigetragen, dass es überhaupt so weit kommen konnte, ohne mir dessen damals bewusst gewesen zu sein. Und wie sollte ich das, was ich damals gesehen habe, heute beweisen können?

Ich denke, du weißt inzwischen, wovon ich rede. Vom Tod von Rosis Mann. Meiner Rosi, die ich – wenn auch nur in aller Heimlichkeit – zwei Jahre lang lieben und begehren durfte. Bis zu jenem Tag, der alles veränderte.

Jetzt, wo Tausende von Kilometern zwischen mir und ihr liegen, will ich dir gern die Wahrheit schreiben. Bitte lies meinen Bericht unter dem Siegel der Verschwiegenheit, falls das für dich, als Präsident des Salzburger Landesgerichtes überhaupt möglich ist. Ich schreibe dir als meinem Freund, und nicht als demjenigen, der täglich seines Amtes waltet. Und dieser Freund, so hoffe ich, wird Stillschweigen bewahren.

Hans-Georg, ich bin mir sicher, Zeuge eines Mordes geworden zu sein. Dieser Mord auf Raten fand in der gemütlichen Küche statt, die ich nach den leidenschaftlichen Nächten mit Rosi zu schätzen gelernt habe, weil es dort immer eine Tasse ausgezeichneten Kaffees und ein Kipferl für mich gab. Als ich eines Morgens, nach einer meiner halbdurchwachten Nächte mit Rosi, hinunterkomme, sehe ich, wie sie das Müsli für ihren ›Meckergatten‹ zubereitet, wie sie Peter manchmal in ihrer boshaft-scherzhaften Art nannte. Ich dachte: *Herrje, schon so spät. Beeil dich, alter Junge. Gleich kommt Peter vom Nachtdienst zurück. Dann musst du hier weg sein. Bis jetzt hat deine Liaison mit Rosi prima funktioniert. Also sieh dich vor und werde nicht unvorsichtig.*

Aus dem Radio erklang Händels Passacaille, ein Stück, das ich am liebsten mit geschlossenen Augen genieße. Die auf- und absteigenden Töne rühren mein Herz. Und so schloss ich sie auch an diesem Tag. Bis ich sie an der Stelle, wo das Piano schneller wird, wieder öffnete und die herunterhängenden Enden von Rosis Morgenrockgürtel einen verführerischen Blick auf ihre prallen Schenkel und außerdem auf den süßen Bauchspeck preisgaben, in den ich so oft mein Gesicht zur Ruhe betten durfte.

Kann man mir verdenken, dass ich einen Moment lang in Erinnerung an unsere Liebesnacht schwelgte und nur noch sie sah? Die Frau, die mir die leidenschaftlichsten Küsse und die herrlichsten Liebesabenteuer meines Lebens schenkte? Natürlich gebe ich zu, dass die Heimlichkeit unseres Tuns die Süße der Stunden noch verstärkte, doch egal, es zählen allein die Kostbarkeit und die Lust. Wie ich also an jenem Morgen dastehe und Rosi beim Frühstückmachen zusehe und innerlich zutiefst dankbar für ihre Liebe bin, öffnet sie eine Schublade und greift zur Küchenschere, um sich die Spitzen ihrer Haare abzuschneiden. Sie schneidet präzise und sieht dabei zu, wie ihre Haarenden in die Müslischüssel rieseln. Und kaum liegen sie über Rosinen, Haferflocken und Joghurt, beginnt sie sie unter das Müsli zu mischen.

Du kannst dir vorstellen, wie perplex ich war, als ich diesem Tun zusah. Einen Moment lang staunte ich nur. Dann sprang mein Gehirn an und ich fragte mich, was dieser Unsinn solle. War diese Schnipselei ein boshafter Scherz? Als Revanche, weil ihr Mann Peter sie manchmal brüskierte, indem er auf nicht gerade feinfühlige Art auf ihr Übergewicht anspielte? Du erinnerst dich, wie er sie, wenn sie ein kurzes Oberteil trug, zuweilen in den Bauch zwickte und mit den Augen rollte, weil er sie zu dick fand. Was mir Lust bereitete und mich entzückte, war ihm ein Dorn im Auge. Doch jedem das Seine, dachte ich und nahm das Ganze nicht so ernst wie offenbar Rosi.

Gegen diese seelische Verletzung – das hatte ich bis zu jenem Tag geglaubt – wehrte Rosi sich durch unser Verhältnis. Doch vielleicht genügte ihr dieser stille Triumph nicht mehr. Schließlich wusste niemand von unserem Gspusi – bis auf dich, der du von mir eingeweiht worden warst –, weshalb diese Rache im Grunde keine war.

An jenem verhängnisvollen Morgen huschte ich, von Händel begleitet, ins Bad. Ich duschte und verabschiedete mich von Rosi nach einem schnellen Kaffee, als sei alles wie immer. Doch nichts war mehr wie zuvor.

Kaum war ich in meinen eigenen vier Wänden angekommen, hielt ich mein Gesicht unter eiskaltes Wasser. Die Sache mit den Haaren im Müsli ging mir nicht mehr aus dem Kopf. Um besser nachdenken zu können, verließ ich wieder das Haus und begann an der Traun entlang zu spazieren. Doch diesmal schaffte es die Stille der Natur nicht, meine Gedanken zu ordnen. Wie ich es auch drehte und wendete, ich konnte in Rosis Tun keinen Sinn erkennen. Es mochte makaber sein und sicher unappetitlich, aber die Haarspitzen in Peters Müsli waren nichts Schlimmes. Für mich blieb es stille Rache. Sonst nichts. Das redete ich mir zumindest ein.

Um die Sache weiter zu beobachten, schlich ich mich seit diesem Tag jeden weiteren Morgen, den ich bei Rosi wach wurde, hinunter in die Küche. So wurde ich einige weitere Male Zeuge ihres seltsamen Rituals. Jedes Mal wenn ich, von ihr unbemerkt, auf der letzten Treppenstufe stand, schnitt sie sich die Spitzen ihrer Haare ab und mischte sie unter Peters Müsli. Wenn er von seinen Nachtdiensten müde nach Hause kam, merkte er anscheinend nichts von der außergewöhnlichen Zutat. Wenn ich an die Cerealien in diversen Müslis denke, vergeht mir seit jeher der Appetit. In diesem Mischmasch kann doch kein Mensch herausschmecken, was drin ist. Einmal mehr war ich froh, eine Vorliebe für Buttersemmeln und Schinken zu haben. Da kann einem nichts untergejubelt werden.

Ich sprach Peter bei Gelegenheit an und redete ihm ein, Müslis seien ungesund, weil sie zu viel Zucker enthielten. Doch er lachte nur und sagte, dass sei ihm egal, ihm schmecke es. Die Tage vergingen und wurden zu Wochen. Ich wollte etwas tun, doch da ich nicht wusste, was und wie ich etwas in Angriff nehmen sollte, verschob ich es immer wieder. Das Einfachste wäre gewesen, Rosi darum zu bitten, mit diesem Unsinn aufzuhören. Doch wenn ich das getan hätte, hätte sie gewusst, dass ich sie dabei gesehen hatte. Ich fürchtete nicht nur um unsere Liebe, Hans-Georg. Ich fürchtete vor allem darum, was sie mir als Erklärung geantwortet hätte. Hätte ich mir danach eingestehen müssen, mich in eine Verrückte verliebt zu haben? Was für eine irrsinnige Vorstellung.

An einem weiteren Morgen, als ich sah, wie sie viele Haarspitzen in die Müslischüssel gab, schoss mir ein Gedanke wie ein Blitz durch den Kopf. Doch es war bereits zu spät, denn an jenem Tag erlitt Peter einen Hypovolämischen Schock, gefolgt von Multiorganversagen und schließlich dem Tod.

Die Beerdigung hat manchen von uns nahe an eine Alkoholvergiftung gebracht, weil wir aus Trauer zu viel getrunken hatten. Trotz seiner unsensiblen Art Rosi gegenüber war Peter, wie wir alle wissen, unter uns Männern beliebt gewesen. Du weißt es am allerbesten. Schließlich habt ihr viel Zeit miteinander verbracht. Dich hat sein Tod besonders getroffen. Mich hat er geschockt, aber auch erleichtert aufatmen lassen. Nun würde nicht nur Rosis Tun ein Ende haben, sondern auch unser Versteckspiel. Ich bildete mir sogar ein, wir könnten endlich – nach einer angemessenen Trauerzeit – offiziell glücklich miteinander leben. Doch Rosis Haarattacke machte mir einen Strich durch die Rechnung, denn sie ging mir nicht mehr aus dem Kopf.

Hans-Georg, du weißt, dass ich einige Semester Medizin studiert habe, bevor mir das Blut und die Krankheiten zum Hals raushingen und ich mich entschloss, zu Maschinenbau zu wechseln. Umsonst waren die paar Semester Medizin nicht, denn mir fiel plötzlich ein, dass Rosi durch die Beimengung ihrer Haare einen Darmverschluss provoziert haben könnte. Vielleicht hatte sie irgendwo aufgeschnappt, dass man mit Haaren oder anderen feinen Ingredienzien so etwas bewirken konnte. In den letzten Wochen hatte sie verdächtig oft davon gesprochen, wie angenehm es mit mir sei. Ich liebe ihre Rundungen, möge sie, wie sie ist. Das sei das Schönste für sie.

Und wenn ich es recht überlege, traute ich Rosi durchaus zu, etwas zu wagen, um frei für mich zu sein. Ich versuchte mich in ihre Gedankenwelt einzufinden. Was hatte sie schon getan, außer sich die Haarspitzen zu schneiden und sie in Peters Müsli zu geben? Für sie konnte es sich unter Umständen so darstellen, dass nicht sie, sondern das Schicksal höchst selbst die Regie von Peters Leben übernommen hatte. Dieser Gedankengang sprach sie von der letzten Entscheidung und vor allem von jeder Verantwortung frei. Ja, Rosi war anscheinend erfindungsreicher und vor allem abgebrühter, als ich anfangs gedacht hatte. Je länger ich darüber nachdachte, umso mehr traute ich ihr diese verrückten Gedanken und deren Umsetzung – das hatte ich ja längst überprüft – zu.

Was danach geschah, weißt du, Hans-Georg. Ich habe meine Sachen gepackt und bin abgereist, ohne Rosi Adieu zu sagen.

Seit ich Ischl hinter mir gelassen habe und in New York aus dem Flugzeug gestiegen bin, habe ich das erleichternde Gefühl, in Sicherheit zu sein. Ich bin niemand, der darüber zu urteilen hat, wann ein Mord ein Mord ist und wie Rosis Tat einzustufen ist. Ich hoffe, du rüttelst mich nicht mit aller Kraft wach und versuchst mir etwas anderes einzureden, indem du in deiner nächsten Mail an mein Gewissen appellierst.

Was mein Leben hier angeht. Ich lese viel, erkunde die Gegend und verbessere mein Englisch. Gestern habe ich im Supermarkt eine Frau getroffen. Sie ist mittelgroß, schlank und hat kurze Haare. Das krasse Gegenteil meines Typs, und deshalb perfekt für ein erstes Date weitab der Heimat.

Ich glaube, ich kann nie wieder eine Frau mit langen Haaren lieben. Und auch keine, die über die von mir so heiß geliebten Rundungen verfügt. Wenn ich jemanden mit diesen Attributen sehe, überkommt mich das Grauen.

Ich werde mir untreu, Hans-Georg. Den nächsten Sex meines Lebens werde ich vermutlich mit einer Frau mit zartem Körperbau haben. Einer, die eine Abneigung gegen Müsli hat. Wenn es so weit ist, werde ich morgens mit ihr Pfannkuchen mit Ahornsirup essen und Tee dazu trinken. Nein, nicht in der Küche, sondern gleich im Bett. Ich werde alle Scheren verbannen, derer ich habhaft werde, und ich werde nie wieder eine kennen lernen wollen, die Rosi heißt.

Karen, die Frau aus dem Supermarkt, hat übrigens einen Antiquitätenladen und ist versessen auf Bücher von Jane Austen. Sie sieht so harmlos aus, so ehrenhaft, dass ich mir sicher bin, es mit einem rechtschaffenden Menschen zu tun zu haben.

Ich hoffe, der Sex mir ihr ist mittelmäßig. Alles andere versetzt mich bloß in Angst und Schrecken, weil es mich an Rosi erinnert. Frauen, die so leidenschaftlich lieben wie sie, sind gefährlich.

Ich muss Schluss machen, Hans-Georg. Ich will Karen noch eine Mail schreiben, um mehr über sie zu erfahren. Vor allem will ich wissen, ob sie ledig, geschieden oder Witwe ist. Inzwischen weiß ich, dass man sich einer Sache nie sicher sein kann. Aber man kann sich so gut es geht wappnen.

Dich bitte ich nur um eins. Sage Rosi um Himmels willen nichts über meinen Aufenthaltsort. Ich liebe sie noch immer. Allerdings auf eine Art, die Beklemmung in mir auslöst. Diese Liebe kann nur durch eine neue ausgelöscht werden. Ich werde alles tun, damit das bald der Fall ist.

Grüße aus Brooklyn
Michael

30 Minuten später:

Michael,

verdammt. Wieso hast du mir nicht früher von dieser schlimmen Sache erzählt? Seit letztem Dienstag habe ich eine Affäre mit Rosi. Ich wollte es dir noch nicht sagen, weil ich dachte, es regt dich zu sehr auf. Ich weiß ja, wie sehr du sie geliebt hast. Was soll ich jetzt tun?

In Eile, Hans-Georg

Zehn Minuten später:

Lieber Hans-Georg,

ich kann dir nur eins raten. Mach eine Diät, das ist einfacher, als auszuwandern. Ansonsten plane einen längeren Urlaub ein und komm zu mir. Eine Ausziehcouch im Wohnzimmer wartet auf dich. Karen hat sicher eine Freundin.

Ebenfalls in Eile, Michael

Seit dieser Mail hat Michael nichts mehr von seinem Freund Hans-Georg gehört. Weshalb er sich dazu entschloss, noch einmal nach Bad Ischl zu reisen, um dort nach dem Rechten zu sehen. Der Gedanke, dass Rosi genau das beabsichtigt haben könnte, um ihn wieder in ihre Fänge zu bekommen, kam ihm erst, als er vor Hans-Georgs Haustür stand.

SISSI STINKT

HUBERT ZÖLLNER

Ich möchte wieder leben. Genug der Trauerphase in der Sommerresidenz in Bad Ischl. Gräfin Charlotte sehnte sich nach einem Mann. Der sie lieben und befriedigen würde. Drei Jahre waren es nun her, als ihr geliebter Mann mit 82 Jahren verstarb. Kennengelernt hatten sie sich in Montecatini Terme. Blaues Blut trifft blaues Blut. Der Altersunterschied spielte keine Rolle. Sie eine 19-jährige Studentin, er ein etwas über 50-jähriger – wirklicher – Baron. Ein Galan und begehrter Junggeselle. Besitzer von Kurhotels in Montecatini Terme in der Toskana, Abano Terme in Venezien und Deauville in der Normandie. Vielseitig gebildet, extrem sportlich und gut aussehend. Von Anfang an hatte er es auf sie, die jugendliche Gräfin, abgesehen. Und sie hatte sich in ihn verliebt. Nach knapp einem Jahr kam bereits ihre gemeinsame Tochter Marie zur Welt. Und es wurde geheiratet. Die Familie zog nach Wien-Hietzing, in das kleine Stadtpalais ihrer Eltern nahe Schloss Schönbrunn. Er wollte in Wien ein weiteres Hotel eröffnen, und sie konnte dort ihr Studium abschließen. Ein extra engagiertes Kindermädchen hatte entscheidend dazu beigetragen.

Seit Kurzem lebte Charlotte wieder in Wien-Hietzing. Allein, ohne Partner. Nur mit Sissi, einer mittlerweile 14 Jahre alten Spitzhündin. Trotz ihres Alters war die Hündin pflegeleicht. Wenngleich sie auf einem Auge blind war und ihr etliche Zähne fehlten. Charlottes Tochter war in den USA glücklich verheiratet. Gräfin Charlotte war erst 54, quasi noch in den besten Jahren. Aber heiraten wollte sie nicht mehr. Sie hatte sich nun zu einem Entschluss durchgerungen.

»Mann mit Stil und perfektem Körper verwöhnt reife Frauen, lässt keine Wünsche offen.« Immer und immer wieder hatte sie dieses Inserat gelesen. Hatten diese Worte ein Kribbeln in ihr ausgelöst. Doch lange Zeit war sie feig. Stets hatte sie die dazugehörige Handynummer gewählt, um bei der letzten Ziffer aufzulegen. Doch nicht heute. Ein Mann mit dunkler Stimme stellte sich als Johann vor. Leichter Wiener Dialekt, dennoch sympathisch. Machte ihr Komplimente, war bemüht, ihr sämtliche Unsicherheit zu nehmen. Beim Preis der Leistung für eine Nacht in Höhe 1.000 Euro plus Spesen wie Abendessen, Hotelzimmer und Fahrpauschale musste sie zwar schlucken, aber was soll es. Am Geld sollte es nicht scheitern. Schnell war ein Treffen vereinbart. In einem Abendrestaurant eines mondänen Hotels rund um Baden bei Wien. Sissi musste zu ihrer Hausgehilfin.

Er war schon da, als sie kam. Galant sprang er auf, küsste ihre Hand und bot ihr einen Platz am Tisch an. Charlotte war angenehm überrascht. Der Mann war adrett und sportlich gekleidet, sehr gepflegt und sah verdammt gut aus. Ein sichtlich durchtrainierter Körper, kräftige Hände. Wie sagt man doch? Ein Mann, den man nicht von der Bettkante stoßen würde. Lediglich die unübersehbare goldene Rolex und der nasale Ton in seinem Wienerisch irritierten sie etwas. Und er war mit einem Porsche Cayenne gekommen. Für sie ein Un-Auto, ein Auto für Neureiche. Sei nicht zu kritisch, schärfte sie sich ein, lass dich fallen. Du willst ja etwas von ihm. Für eine Nacht, und nicht ein Leben lang.

Beim Essen wurde unverfänglich geplaudert. Er sei Konsulent für wirtschaftliche Belange, 45 Jahre alt, und regelmäßiger Gast im Fitnesscenter. Sie gab überhaupt nichts von sich preis, auch nicht ihr Alter. Es schmeichelte ihr, dass er sie gleichaltrig einstufte. Sie sah ja auch dementsprechend gut aus. Ihr Hunger beim Abendessen war nicht groß. Der Appetit auf diesen Mann dagegen schon. Relativ abrupt brachen sie auf, hinauf auf ihre Suite. Und er nahm sie so, wie sie es seit Jahren herbeigesehnt hatte. Kräftig und zärtlich zugleich. Sie konnte nicht genug von ihm bekommen.

Nach dieser ersten gemeinsamen Nacht war sie gleich am Morgen nach Hause gefahren. Beim Frühstück fühlte sie noch Johanns Körper, roch sein Parfum. Etwas zu aufdringlich. Egal, sie wollte ihren Lover wiedersehen. Mit ihm schlafen. Doch diesmal günstiger, ohne Restaurant und Hotelzimmer. In der geräumigen Gästewohnung ihres Stadtpalais. Mit separaten Eingang. Dort würde er nicht in ihre Privatsphäre eindringen. Das galt es zu vermeiden.

So kam es zu einem zweiten Date. Von einem Wiener Caterer hatte sie eine große kalte Platte bringen lassen. Wein war im Haus. Das musste reichen. Und es kam zu weiteren Treffen. Mit der Zeit stellte Charlotte jedoch eine Änderung bei ihrem Lover fest. Das nasale in seiner Stimme war weg. Er wollte, dass sie ab nun »Joe« zu ihm sagt, wie ihn seine Freunde nennen. Und er sagte ständig »Mädel« zu ihr. Sie hatte das Gefühl, er würde sie besitzen wollen. Oder wollte er gar an ihr Geld ran? All diese Gedanken waren verflogen, als sie sich wiedertrafen und er sie nahm. Noch intensiver und leidenschaftlicher als beim letzten Mal.

Und dann war da die Geschichte mit dem Whiskey. Er wollte einen Whiskey, sie hatte keinen Whiskey daheim. Da wurde er leicht ausfallend, was ihr wiederum gar nicht passte. »So eine tolle Hütte und keinen Whiskey? Wenn ich wiederkomme, ist das anders.« Er merkte, dass er zu weit gegangen war, zog sie an sich, küsste sie und nahm sie nochmals. Sie ließ es geschehen. Der Mann war einfach verdammt gut im Bett. Doch danach wollte sie nicht mehr. Drückte ihm sein Honorar in die Hand und setzte ihn vor die Tür. Er nahm es gelassen. »Ich weiß genau, wir sehen uns bald wieder!«, waren seine Abschiedsworte. Verdammt, er hatte sicher recht damit. Charlotte erkannte, dass sie diesem Mann verfallen war. Oder besser gesagt, diesem Sexobjekt.

Die Sehnsucht nach Joe war bald wieder da. Doch er meldete sich nicht am Telefon. Sie versuchte es jeden Tag mehrmals. Ohne Erfolg. War er verreist? Mit einer anderen? Es wurde ihr erstmals klar, dass sie kein Anrecht auf diesen Mann hatte. Sie wollte sich mit Anette, einer alten Freundin, am Nachmittag im Café Sacher hinter der Wiener Staatsoper beraten. Um alles zu bereden. Mit ihr hatte sie so viel erlebt, war mit ihr durch dick und dünn gegangen. Ihr konnte sie sich anvertrauen. Vor anderen hielt sie diese Liaison mit Joe geheim. Vor allem ihrer Tochter gegenüber, mit der sie wöchentlich telefonierte.

Charlotte war etwas früher im Café, begann in einer Tageszeitung zu lesen und erschrak. Sie erkannte Joe auf einem Foto. Eindeutig. In einem Krankenbett liegend. Etliche Wunden und Nähte im Gesicht. Der Titel des Artikels: *Autohändler von Ostmafia zusammengeschlagen.* Autohändler? Johann Novacek stand da.

Wäre er nicht am Foto abgebildet, sie hätte es nicht geglaubt. Novacek, den Namen hörte sie zum ersten Mal. Aber sie hatte ja nie danach gefragt. Mehr als zwei Stunden plauderte sie mit Anette. Über Gott und die Welt, und über Joe.

»Nimm es, wie es ist«, meinte Anette. »Und wenn du nicht mehr willst, jag ihn zum Teufel. Es gibt noch andere Männer.« Dabei grinste sie. »Einer wird gleich da sein!« Charlotte erschrak, was sollte das? Die Sache war jedoch schnell erklärt. Ein ihr entfernter Verwandter, Dr. Erwin Kogler, 56-jähriger renommierter Notar in Wien, Witwer, gut aussehend, würde Anette zu einer Galerieeröffnung begleiten. Letztendlich ging sie auch mit. War ihr der Mann sympathisch? Gab es Gemeinsamkeiten? Er sei öfter in Ebensee bei seinen Eltern und würde sie gerne in Bad Ischl besuchen. Ist ja nicht weit. Ja, warum eigentlich nicht? In drei Wochen, nach dem ersten Juli-Wochenende wollte sie am Samstag wieder in ihre Villa nach Bad Ischl fahren. Das Wochenende danach würde passen. Mit Kribbeln im Bauch fuhr sie heim.

Als sie inmitten der Vorbereitungen zur bevorstehenden Sommer-Übersiedlung nach Bad Ischl stand, klingelte ihr Telefon. Es war Joe. Sie war überrascht, mit ihm hatte sie nicht gerechnet. Sie sprach ihn auf den Zeitungsartikel an. Er wolle sie sehen, sie zum Abendessen einladen, ihr alles erklären. Ursprünglich wollte sie nicht, willigte jedoch ein. Sie kam von diesen Mann nicht los. Und es endete, wie es kommen musste. Im Bett ihrer Gästewohnung in Wien-Hietzing. Sein Gesicht war verheilt, und die Narben ließen ihn verwegen aussehen. Seine Ausführungen rund um den Überfall hatten die Gräfin überhaupt nicht interessiert. Sie erfuhr allerdings, dass Joe sich nicht in den feinsten Kreisen bewegte, dass es um Autoschieberei und andere kriminelle Aktionen ging. Und wieder war diesmal etwas anders: Er nahm nur die Hälfte des Honorars und bot sich an, nein, vielmehr drängte er darauf, sie nach Bad Ischl zu fahren.

Sie willigte irgendwann ein, wenngleich sie mit einer Tradition brach. Bis dato war sie immer mit dem Zug 1. Klasse bis Attnang-Puchheim gefahren, wo sie von Ferdinand abgeholt wurde. Ferdinand war der gute Geist ihrer Bad-Ischl-Villa. Machte alles für die blaublütigen Herrschaften. Und das seit mehr als 40 Jahren. Ihm zur Hand ging seine Frau Hermine, eine kluge und freundliche Person. Zugleich Masseurin in einem Kurhotel in Bad Ischl. Das kinderlose Ehepaar bewohnte die kleine Wohnung im Vorhaus der Villa. Der begeisterte Bergfex war mit seinen 67 Jahren extrem rüstig, kümmerte sich um Haus und Garten und um ihr Sommerauto. Das Mercedes SL Cabrio stand nahezu das ganze Jahr winterfest und aufgebockt in der Garage. Erst eine Woche vor der Ankunft der gnädigen Frau, wie beide die Gräfin ansprachen, machte Ferdinand den ehemaligen Sommerwagen des Herrn Baron für sie fahrtüchtig.

»Bist du es bald?«, rief Joe in den Flur des Hauses in Hietzing. Die vollgepackten Koffer hatte er bereits im Auto verstaut. Da kam Charlotte um die Ecke, trug einen großen Weidekorb.

»Was ist denn das?«, fragte Joe, als er den kleinen weißen Hund im Korb entdeckte. Ein alter Hund, der getragen werden musste.

»Das ist Sissi, mein kleiner Liebling. Ein reinrassiger Spitz.«

»Was, der kommt mit? Aber der Kofferraum ist voll.«

»Der Korb kommt ja auch auf die Rückbank. Und damit das Auto nicht schmutzig wird, kommt eine Decke darunter. Sissi begleitet mich immer nach Bad Ischl.« Widerwillig beobachtete Joe den Vorgang, ohne Charlotte behilflich zu sein. Sie nahm am Rücksitz neben der Hündin Platz, um den Hund streicheln zu können. Joe fuhr los. »Der Köter stinkt ja ordentlich«, gab er keine Ruhe.

»Das ist eine Lady und kein Köter«, kam es zischend von Charlotte zurück. »Du kannst mich ja am Bahnhof abladen und ich fahre wie immer mit dem Zug. Ferdinand wird mich schon holen.«

»Na, reg dich nicht so auf. War ja nicht so gemeint.«

Und er schaltete die Belüftung ein. Allzu viel wurde während der Fahrt nicht gesprochen. Es gab auch keine Gesprächsbasis. Im Gegensatz zur Horizontalen konnten ihre Horizonte nicht unterschiedlicher sein. Charlotte setzte sich ihre Kopfhörer auf und lauschte ihren Hörbüchern. Erst knapp vor Bad Ischl nahm sie die Kopfhörer ab und dirigierte Joe zur Villa.

»Sissi stinkt noch immer, und sie hat die ganze Zeit gefurzt. Hast du nichts gerochen?«

»Nein, und wenn schon. Sie ist eine alte Hündin und darf das.«

Dabei fuhr er durch das offene Gittertor eines großen Anwesens. Ferdinand und Hermine saßen wartend und wie immer elegant gekleidet auf der Gartenbank vor dem Eingang zur Villa. Erhoben sich, um Charlotte zu begrüßen.

»Na, bist deppert«, damit meinte Joe nicht das Anwesen, sondern den roten Mercedes 190 SL, der vor der Garage geparkt war. Mit offenem Verdeck und blank geputzt. Ohne Charlotte und Sissi behilflich zu sein und den freundlichen Empfang vollkommen ignorierend stieg Joe aus, um den Oldtimer aus nächster Nähe zu betrachten.

»Damit machen wir gleich eine Spritztour, Mädel, gelt?«

»Nichts da«, mischte sich Ferdinand bestimmt ein, »Den Wagen fährt nur die gnädige Frau!«

»Sag, wer ist denn der Graf Bobby?«, fragte Joe, deutete auf Ferdinand und sah zu Charlotte. Die wandte sich irritiert ab und ging mit Hermine ins Haus. Sie hätte es besser wissen müssen. Es war ein Fehler, Joe mitzunehmen. Das konnte niemals gut gehen. Sie genierte sich nun vor dem der Familie seit Jahren nahestehenden und loyalen Dienstpersonal. Ferdinand sagte nichts, trug wortlos die Koffer der Gräfin ins Haus und ließ die Tür hinter sich ins Schloss fallen. Joes kleinen Koffer hatte er neben dem Porsche Cayenne stehen lassen.

»Na, hallo. Schaut so bei euch Gastfreundschaft aus?« Verdutzt stand er da. Ausgesperrt und niemand machte ihm auf. Auch nicht, als er wiederholt die Türklingel betätigte. Währenddessen nahm Charlotte auf dem Sofa im Salon im ersten Sock der Villa Platz. Hermine brachte Kaffee und Kuchen und Ferdinand blickte zwischen den geschlossenen Stores nach unten.

»Gnädige Frau, verzeihen Sie meine Bemerkung, aber *das* ist kein Umgang für Sie!«

Die Gräfin wirkte gestresst, und Hermine bemühte sich, sie zu beruhigen. Wäre da nicht ein erstickendes Bellen zu vernehmen. Sie sprangen auf und liefen in die Küche. Sissi lag nahezu regungslos vor dem Kühlschrank. In ihrem Blut. Einige Male schnappte sie noch nach Luft. Dann war sie tot. Joe hörte das laute Geschrei und Weinen von Charlotte bis nach unten. Er setzte sich auf die Parkbank und wartete. Nach rund zehn Minuten ging die Haustür auf. Charlotte kam heraus.

»Joe. Joe, Sissi ist tot. Sie liegt oben in der Küche. Hatte einen Blutsturz.« Dabei kullerten ihr die Tränen über die Wangen. Sie sah Joe an, während sie die Tränen mit einem bestickten Stofftaschentuch wegwischte. »Na, und was sagst du dazu?«

»Es hat sich ausgestunken!«

Das war der Gräfin nun zu viel. »Verschwinde aus meinem Haus! Aus meinem Leben! Lass dich nie wieder blicken. Du Untam!«

Es folgte ein lauter Streit zwischen der Gräfin und Joe, der den sonst so besonnenen Ferdinand in Rage brachte. Nun beschimpften sich die beiden Männer und drohten einander. Ferdinand mit feiner Klinge, Joe derb und urig. Erst als Ferdinand mit der Polizei drohte, machte Joe eine Kehrtwendung. Er sah noch wie Hermine die schluchzende Charlotte in ihre Arme nahm und nach oben führte. Dann drehte er sich fluchend um und verließ das Anwesen.

Der Schmerz um Sissi war größer, als der Streit mit Joe. Sie beerdigten Sissi unter der alten Linde im Garten, dort, wo schon andere Hunde des Hauses ihre letzte Ruhe gefunden hatten. Danach hatte die Gräfin Hermine ihr Herz ausgeschüttet. Mit ihr konnte sie über nahezu alles sprechen. Und Hermine war wie so viele Masseurinnen eine gute Zuhörerin. Joes Besuch blieb bei Charlottes Freunden und Bekannten in Bad Ischl, die sie in den Folgetagen traf, ohne Bedeutung. Keiner wusste, dass er jemals da war.

Am Mittwoch machte die Gräfin eine längere Wanderung auf die Hoisnrad Alm und durch die Rettenbachklamm. Die Ablenkung tat ihr gut. Und sie freute sich ob ihrer wiedergewonnenen Kondition. Als sie am Nachmittag zurückkam, war Ferdinand mit dem Auto weggefahren. Erst spät in der Nacht kehrte er zurück. Sie hörte ihn, ehe sie gegen 23 Uhr zu Bett ging.

Am Donnerstag legte ihr Hermine beim Frühstück eine Tageszeitung auf den Tisch. Die Schlagzeile der Chronik lautete: *Autohändler von Ostmafia ermordet*. Sie erstarrte. Ja, es war Joe. Weiter im Text stand: *Mit vier gezielten Schüssen in Kopf und Brust erschossen. Mittwochabends. Knapp nach Geschäftsschluss. Im Büro seines Autohandels in der Wiener Triester Straße. Das Opfer wurde sichtlich überrascht. Ein Nachbar hörte Schüsse, verständigte sofort die Polizei. Kann aber keine weiteren Angaben machen. Der Autohändler war erst vor Kurzen von einer Ostbande zusammengeschlagen worden. Die Polizei schließt einen Zusammenhang der Übergriffe nicht aus.*

Charlotte brauchte einen Cognac. Aber ihr Schmerz hielt sich in Grenzen. Der letzte Auftritt von Joe hatte ihr gereicht. Zudem hatte sie in den letzten Tagen öfter mit dem Wiener Notar telefoniert. Die beiden freuten sich, einander zu treffen. Kommendes Wochenende in Bad Ischl.

»Na, gnädige Frau, alles wieder in Ordnung?« Charlotte weilte gerade an Sissis Grab unter der Linde, als Ferdinand vor ihr stand und dezent lächelte, »Ja, die Ostmafia hat wieder zugeschlagen.«

Wie war das gemeint? Ferdinand, hatte er etwas damit zu tun? Er kam Mittwoch spät in der Nacht nach Hause, fiel ihr soeben ein. War er gar in Wien?

»Ferdinand, wo warst du am Mittwochabend?«

Er sah sie an und lächelte.

»War es die Mafia?«, fragte die Gräfin weiter.

»Gnädige Gräfin, darf ich Ihnen ein Glas Champagner reichen?«

SISSI IST AN ALLEM SCHULD

ERNST SCHMID

»Mir bleibt auch nichts erspart!«, dachte sich Franz, als er an der Ortseinfahrt von Bad Ischl das Plakat entdeckte, das auf die Landesgartenausstellung im Ort hinwies. Sekunden später begann seine Nase zu kribbeln, und er musste ein halbes Dutzendmal hintereinander niesen. Er rang nach Atem und wischte sich mit dem Handrücken über die brennenden Augen. Binnen Kurzem, das wusste er aus langjähriger Erfahrung, würden die Lider so angeschwollen sein, dass er kaum mehr etwas sehen konnte. Er presste ein Taschentuch auf den Mund, um sich vor den Pollen zu schützen. Mit mäßigem Erfolg. Zwar ließ das Jucken im Hals ein wenig nach, dafür musste er wieder mehrmals hintereinander niesen. Er hielt am Straßenrand und überlegte, ob es nicht besser wäre, umzukehren. In diesem Zustand konnte er unmöglich sein Vorhaben in die Tat umsetzen.

»Das ist ein Bank – hatschi – überfall. Wenn Sie – hatschi – sich ruhig verhalten, wird – hatschi – Ihnen nichts pas – hatschi – sieren.«

Der Bankangestellte würde sich eher totlachen, als ihm das geforderte Geld aushändigen. Aber die Erinnerung an die beiden Kerle, die ihm vor einer Woche in seiner Wohnung aufgelauert und ihm angedroht hatten, kurzen Prozess mit ihm zu machen, sollte er nicht binnen 14 Tagen seine Schulden zurückzahlen, ließ ihn von dem Gedanken, es ein andermal zu versuchen, Abstand nehmen. Mit den beiden war nicht zu spaßen, das hatten sie ihm eindringlich vor Augen geführt. Mit Entsetzen dachte er daran zurück, wie der eine seine Hand auf dem Küchentisch fixiert und der andere das Messer am kleinen Finger der linken Hand angesetzt und ihm einen schmerzhaften Schnitt versetzt hatte. Nein, an eine Umkehr war nicht zu denken! Er musste seinen Plan durchziehen. Allergie hin oder her. Eine bessere Möglichkeit, zu Geld zu kommen, würde sich in nächster Zeit nicht mehr ergeben. Franz holte den Asthmaspray aus der Reisetasche und setzte ihn an. Die Verkrampfung in den Bronchien löste sich und er konnte wieder einigermaßen ungehindert Luft holen.

Er startete den Motor und rollte im Schritttempo auf Bad Ischl zu.

Die Vorbereitungen für das Kaiserfest am nächsten Tag waren in vollem Gange. Überall drängten sich Schaulustige. Trotzdem bekam er einen Parkplatz hinter der Stadtpfarrkirche. Das war der ideale Ausgangspunkt für sein Vorhaben. Direkt darunter befand sich die Bank, die er zu überfallen gedachte. Zufrieden stieg er zum Sparkassenplatz hinunter und bog rechts in die Schulgasse ein. Dort lag die Pension, in der er die Nacht verbringen wollte. Erschüttert blieb er vor dem baufälligen Gebäude stehen. Unvorstellbar, wie heruntergekommen die Stadt wirkte, wenn man sich einige Schritte vom Ortskern entfernte. Immerhin verzichtete der Besitzer des Etablissements bei Vorauszahlung auf die Vorlage eines Lichtbildausweises. Das kam ihm entgegen. Der Mann würde sich höchstens an den kaiserlichen Backenbart erinnern, der sein Gesicht beim Eintreffen im Hotel geziert hatte. Doch dieser Bart würde, sobald die Fahndung anlief, längst Geschichte sein. Der muffige Geruch im Zimmer war unerträglich. Er riss das Fenster auf und holte tief Luft, worauf er wieder mehrmals hintereinander niesen musste.

»Verdammte Gartenschau!«, krächzte er und schlug die Fensterflügel wieder zu. Obwohl ihm vor dem fleckigen Bettzeug ekelte, legte er sich darauf, um sich ein wenig auszuruhen. Noch vor ein paar Jahren hätte er sich nie träumen lassen, in einer derartigen Absteige eine Nacht zu verbringen.

Und wer war schuld daran, dass er so tief gesunken war?

Einzig und allein Sissi! Sissi mit ihrer Verschwendungssucht und ihrer Unverschämtheit. Wenn es darum ging, ihn zu schröpfen, war sie sehr einfallsreich.

Trotz allem waren sie eine glückliche Familie gewesen. Bis zu jener Weihnachtsfeier vor drei Jahren, bei der er zu viel getrunken und ein wenig mit Katharina von der Devisenabteilung herumgeknutscht hatte. Das wäre halb so schlimm gewesen, hätte nicht irgendein Idiot Fotos von dieser Feier ins Internet gestellt. Und da Sissi den lieben langen Tag nichts anderes zu tun hatte, als ihre Zeit mit der Suche nach Schnäppchen im Internet totzuschlagen, entdeckte sie natürlich die Bilder und machte ihm eine furchtbare Szene. Seinen Beteuerungen, dass nichts passiert sei, was ihr Sorgen bereiten müsse, schenkte sie keinen Glauben. Bereits am nächsten Tag suchte sie einen Anwalt auf und reichte die Scheidung ein. Er war so reumütig, dass er alle Bedingungen akzeptierte, die sie ihm stellte, übertrug ihr nicht nur das Haus, sondern stimmte auch den exorbitanten Unterhaltszahlungen zu, obwohl diese durch nichts gerechtfertigt waren. Aber er wollte nicht, dass seine Kinder wegen seiner Verfehlung irgendetwas entbehren mussten. Als Leitender Angestellter verdiente er genug, um diese Ausgaben bewältigen zu können. Allerdings setzte ihm die Trennung von seiner Familie mehr zu, als er sich zunächst eingestehen wollte. Er begann zu trinken, erschien immer wieder verspätet zur Arbeit und achtete nicht mehr auf sein

Äußeres. Die Kündigung ließ nicht lange auf sich warten. Zwar fand er eine Stelle bei einer anderen Sicherheitsfirma, doch sein Verdienst reichte gerade einmal aus, um die Unterhaltszahlungen zu bestreiten. Mehr war einfach nicht möglich. Doch Sissi gab sich damit nicht zufrieden. Mindestens einmal in der Woche rief sie ihn an, um mehr Geld für die Kinder zu fordern.

»Valerie ist schon wieder gewachsen und braucht ein neues Ballettkleid«, jammerte sie dann in den Apparat, oder: »Giselas Schule wartet auf die zweite Rate für die Sprachwoche in London«, oder: »Rudi möchte so gerne ein neues Moped.« Seine Einwände, dass er augenblicklich nicht genug verdiene, ließ sie nicht gelten, sondern verwies nur darauf, dass er das seinen Kindern schuldig sei. Mit der Zeit wurde sie so penetrant, dass er sich ein Handy mit einer neuen Nummer besorgte, um nicht weiter von ihr belästigt zu werden. Das ging eine Zeit lang gut, bis sie eines Morgens mit den Kindern vor seiner Wohnung stand. Ob er jeden Funken Anstand verloren habe, warf sie ihm an den Kopf. Ob er es wirklich mit seinem Gewissen vereinbaren könne, seinen Kindern nicht jenes Leben zu bieten, das sie verdient hätten? Wenn er das wolle, dann solle er es ihnen jetzt persönlich ins Gesicht sagen. Aber dann müsse er auch damit rechnen, dass er für sie als Vater endgültig gestorben sei. Mit Mühe konnte Franz die Tränen zurückhalten. Er schwor, alles zu unternehmen, damit es seinen Kindern an nichts mangelte. In seiner Verzweiflung wandte er sich an einen privaten Kreditgeber, der ihm, ohne zu zögern, Geld lieh. Allerdings zu einem Zinssatz, der so hoch war, dass er besser die Finger davon gelassen hätte. Und es kam, wie es kommen musste. Schon bald blieb er die Raten für das geliehene Geld schuldig, worauf ihm der Kredithai eben diese beiden Kerle vorbeischickte, die ihm eindringlich vor Augen führten, was ihm blühe, sollte er sich nicht an die Vereinbarung halten.

Er verscheuchte diese düsteren Gedanken und zwang sich aufzustehen. Er wollte noch einmal in der Bank vorbeischauen, um sich zu vergewissern, dass seit dem Sicherheitscheck, den er persönlich im Auftrag seiner Firma vor knapp fünf Jahren durchgeführt hatte, nichts verändert worden war. Er spazierte auf den Sparkassenplatz und betrat die Bankfiliale. Während er sich in die Schlange vor einem Schalter einreihte, um einen Geldschein wechseln zu lassen, überprüfte er unauffällig die Sicherheitsvorkehrungen. Zufrieden stellte er fest, dass alles beim Alten geblieben war. Er musste nur darauf achten, dass der Bankangestellte den Alarm erst auslöste, wenn er das Gebäude verließ. Zwar lag die Polizeistation nur einen Steinwurf entfernt, aber da er beabsichtigte, den Überfall genau zum Zeitpunkt des Festumzugs durchzuführen, war die Gefahr, dass sich ein Polizist in unmittelbarer Nähe befand, äußerst gering. Bad Ischl verfügte nur über knapp ein Dutzend Exekutivbeamte und diese waren während des Kaiserfestes mit der Kontrolle der Absperrungen und dem Schutz der Ehrengäste vollauf beschäftigt. Alles, was er brauchte, war eine halbe Minute Zeit. Nicht mehr. Er musste nur seinen Lieferwagen erreichen, dann war er in Sicherheit. Dort würde er den Kaiserbart abrasieren und sich umziehen, um sich darauf unter die Schaulustigen zu mischen. Eigentlich ein perfekter Plan. Sorge bereitete ihm lediglich die Blumenallergie. Eine Niesattacke konnte alles vereiteln. Aber auch dieses Problem würde er in den Griff bekommen.

Nachdem er die Bank verlassen hatte, spazierte er auf die Esplanade. In der Hofkonditorei Zauner spielte ein Streichquartett Lieder von Schubert. Er fand einen freien Platz direkt oberhalb des Traunufers und bestellte eine Melange und drei Stück des berühmten Stollens. Wenigstens einmal wollte er es sich noch gut gehen lassen. Vielleicht zum letzten Mal für die nächsten fünf bis zehn Jahre, sollte sein Vorhaben missglücken. Er schloss die Augen und lauschte der Musik. Unter ihm plätscherte der Fluss sanft dahin. Ein Klatschen holte ihn in die Gegenwart zurück. Als er sah, wem der Applaus galt, musste er lächeln. Ein Double des Kaisers flanierte über die Esplanade und winkte den Anwesenden huldvoll zu. Außer dem Backenbart hatte der Mann kaum Ähnlichkeit mit Franz

Joseph. Aber das tat der Begeisterung der Leute keinen Abbruch. Der Anblick des Doubles versetzte ihn in Hochstimmung. Es würde genau so sein, wie er es sich erhofft hatte. In Bad Ischl würde es morgen nur so von Personen wimmeln, die Franz Joseph nachzuahmen versuchten. Und das stellte einen wichtigen, wenn nicht sogar den wichtigsten Teil seines Planes dar. Denn auch er würde sich morgen als Kaiser verkleiden. Im Gegensatz zu den anderen Doppelgängern würde er sich jedoch sofort nach dem Überfall der Verkleidung und des kaiserlichen Backenbarts entledigen. Er konnte sich ein Lachen nicht verkneifen, als er sich vorstellte, wie die Polizeibeamten aufgrund der Beschreibung des Täters in Verzweiflung gerieten, weil sie vor der Herkulesaufgabe standen, alle Doubles zu überprüfen, während er sich längst als ganz normaler Franz Pointner auf dem Heimweg befand.

Die Idee, eine Bank in Bad Ischl zu überfallen, war ihm nach dem Besuch der beiden Kerle gekommen. Auf der Suche nach irgendetwas, das sich noch zu Geld machen ließe, war ihm das Foto in die Hände gefallen, das Sissi und ihn als kaiserliches Paar zeigte. Das Bild musste vor acht Jahren aufgenommen worden sein. Ohne sein Wissen hatte Sissi damals anlässlich des 25. Jubiläums des Kaiserfestes an einem Doppelgänger-Wettbewerb teilgenommen und eine Einladung nach Bad Ischl gewonnen. Nur Sissi zuliebe hatte er sich breitschlagen lassen, an dem dekadenten Unfug teilzunehmen. Zu seinem Vorteil, wie sich jetzt erwies. Andernfalls wäre ihm wohl nie die Idee für seinen Plan gekommen.

Nachdem er gezahlt hatte, spazierte er stadtauswärts. Ein Fehler, wie sich schnell herausstellte. Am Ende der Esplanade hatte man den 1852 angelegten ›Elisabethen-Park‹ zu neuem Leben erweckt, wie auf dem Schild am Eingang des Gartens zu lesen war. Zwischen den über 150 Jahre alten Bäumen waren im Zuge der Landesgartenausstellung Themengärten und blühende Beete angelegt worden. Überfallartig schwoll sein Hals zu. Er japste nach Luft wie ein Ertrinkender. Schniefend und niesend ergriff er die Flucht und hastete zurück in die Pension. Entmutigt ließ er sich auf das schmuddelige Bett fallen, und es dauerte nicht lange, bis er vor Erschöpfung einschlief. Zwar wachte er mehrmals in der Nacht auf, weil sein Hals kratzte und die Augen unerträglich juckten, aber das ganze Ausmaß des allergischen Schubes wurde ihm erst bewusst, als er am Morgen in den Spiegel schaute. Seine Augenlider waren so geschwollen, dass er kaum etwas erkennen konnte. Die Nase leuchtete grellrot. Immerhin hatte er kein einziges Mal niesen müssen, seit er aufgestanden war. Er schluckte eine Handvoll Allergietabletten und träufelte sich Augentropfen auf die Pupillen, was zwar das Jucken linderte, aber auch zur Folge hatte, dass er alles wie durch einen dichten Schleier wahrnahm. Trotzdem fühlte er sich bald besser. Er öffnete das Fenster und atmete vorsichtig die frische Luft ein. Die Medikamente schienen zu wirken. Kein Kribbeln in der Nase. Kein Niesen.

Inzwischen war es höchste Zeit, dass er sich auf den Weg machte. Ein Blick über die Brüstung des Parkplatzes zeigte ihm, dass die Straßen bereits zum Bersten gefüllt waren. Unbemerkt stieg er in den Laderaum des Lieferwagens. Er schlüpfte in die Lederhose, zog die Trachtenjacke über und setzte den Ausseer Hut auf. Noch einmal überprüfte er, ob das Rasierzeug und der Spiegel bereit lagen. Zuletzt steckte er die Spielzeugpistole seines Sohnes in den Hosenbund und verließ den Wagen. Schon waren die Klänge des Radetzkymarsches und die Hochrufe der Zuseher deutlich zu vernehmen. In Kürze würde der Festzug mit den Tiroler Kaiserjägern und der Bürgerkapelle Bad Ischl an der Spitze den Sparkassenplatz erreichen. Franz mischte sich unter die Menge und bewegte sich unauffällig auf den Eingang der Bank zu. Im Inneren herrschte eine gespenstische Stille. Kein Laut war zu vernehmen. Die Bankangestellten blickten ihn ängstlich an. Irgendetwas stimmte hier nicht. Erst jetzt bemerkte er den Mann vor dem Schalter mit der Pistole in der Hand. Ungläubig starrte Franz ihn an. Auf den ersten Blick hätte man ihn für seinen

Zwillingsbruder halten können. Er trug einen kaiserlichen Backenbart, eine Trachtenjoppe und einen Ausseer Hut. Genau wie er.

»Das gibt es doch nicht«, dachte sich Franz. »Mir bleibt wirklich nichts erspart.« Offensichtlich war er nicht der Einzige, der die Idee gehabt hatte, als Kaiser verkleidet während des Festumzuges die Bank zu überfallen. Plötzlich spürte er ein Kribbeln in der Nase und musste so laut niesen, dass es wie eine Explosion von den Wänden widerhallte. Voll Panik riss der Bankräuber der Angestellten den Geldbeutel aus der Hand und stürmte in seine Richtung. Ohne lange zu überlegen, warf sich Franz seinem Doppelgänger in den Weg. Der Mann kam ins Stolpern und zog ihn mit sich zu Boden. Schneller, als er erwartet hatte, war die Polizei zur Stelle. Die Beamten trennten die beiden und legten ihnen Handschellen an. Ehe es sich Franz versah, brüllte der andere: »Machen Sie mich auf der Stelle los! Er ist der Bankräuber. Ich habe nur versucht, ihn aufzuhalten.«

»Er lügt«, schrie Franz zurück. »Ich habe mich auf ihn geworfen, um ihn an der Flucht zu hindern.«

Inzwischen waren auch die Bankangestellten näher gekommen.

»Hat jemand von Ihnen eine Ahnung, wer von den beiden die Bank überfallen hat?«, wollte einer der Polizisten wissen.

»Unmöglich zu sagen«, erwiderte der Filialleiter. »Die beiden gleichen einander ja wie ein Ei dem anderen.«

In diesem Moment spürte Franz wieder das Kribbeln in der Nase. Das war seine Chance. Er nieste lauthals los. »Erinnern Sie sich nicht?«, rief er aufgeregt.

»Erst mein Niesen hat den Räuber in die Flucht geschlagen.«

»Das stimmt«, mischte sich ein Bankangestellter ein. »Der andere muss der Täter sein.«

Ein Polizist öffnete Franz' Handschellen und entschuldigte sich bei ihm.

»Ich hoffe, Sie haben sich bei dem Handgemenge nicht verletzt.«

Er wies auf seine Hand. Die Wunde am kleinen Finger war aufgeplatzt und blutete. In diesem Moment fielen Franz wieder die beiden Kerle ein, die der Kredithai bei ihm vorbeigeschickt hatte. Nicht auszudenken, was sie mit ihm anstellen würden, wenn er ihnen offenbarte, dass er seine Schulden nicht zurückzahlen konnte. Das mit dem Banküberfall hatte sich jetzt jedenfalls erledigt. Plötzlich hatte er eine Idee, wie er sich ihrer für längere Zeit entledigen konnte. Vielleicht vergaßen sie ja sogar auf ihn, wenn er für ein paar Jahre von der Bildfläche verschwand. Wie hieß es doch so treffend: Aus den Augen, aus dem Sinn.

Er drehte sich um und hielt den Beamten, der seinen Doppelgänger gerade abführen wollte, zurück. »Lassen Sie den Mann frei«, sagte er fast erleichtert. »Er ist unschuldig. Ich war es, der versucht hat, die Bank auszurauben.«

DIE ISCHLER ROSE

VOLKER RAUS

1.

Vorsichtig nahm Clemens Doppler mit Daumen und Zeigefinger seiner rechten Hand den silbernen Ring mit dem Diamanten aus der weinroten Schatulle und hielt ihn gegen das Licht. Durch eine große Glasfront schien die Sonne in den Raum. Ihre Strahlen durchströmten den zu einer Brillantform geschliffenen Edelstein. Die vielen Facetten ließen das in alle Farben gebrochene Sonnenlicht funkeln und sprühen. Feinadrige Silberblätter umschmeichelten den Stein zu einem Gesamtkunstwerk.

»Wunderbar. Das Schmuckstück übertrifft das Original der ›Ischler Rose‹ bei Weitem«, war Doppler begeistert. Sein Gegenüber lächelte. Die beiden Männer saßen in einem exquisit eingerichteten Verkaufsraum an einem hohen Glastisch, auf dem ein grünes Samtdeckchen lag.

Als ›Ischler Rose‹ bezeichnet man in Bad Ischl

einen Silberring, dessen aufgesetzte Rosenblätter eine Perle einfassen. So einen Ring hatte Kaiserin Sissy am 19. August 1853 im Hotel Austria an der Esplanade 10 vom damals 23-jährigen Kaiser Franz Joseph zur Verlobung erhalten. Ein Jahr später hatten sie geheiratet. Die Ischler Kaiservilla war dann das Hochzeitsgeschenk der Kaisermutter an das junge Paar.

In der Kaiserstadt finden sich auf engstem Raum fünf Juweliergeschäfte. Jedes bietet ›Ischler Rosen‹ in zahlreichen Variationen an. Die Auslagen sind übervoll mit Ringen aus zarten silbernen Rosenblättern mit unterschiedlich hellen Perlen. Clemens Doppler hatte seine Ringfassung allerdings bei einem Juwelier in der Salzburger Getreidegasse gekauft. Er wollte nicht, dass in seiner Heimatstadt jemand von seinem Auftrag wusste. Ischl war ein Zentrum des Tratsches und er ein bekannter Bürger.

»Wie alt wurde Ihr geliebter Hund?«, fragte mit leiser zurückhaltender Stimme der Mann im schwarzen Anzug. So wie er strahlte der gesamte Verkaufsraum eine vornehme, würdige Ruhe aus.

»Moritz wurde 16 Jahre alt. Er fehlt uns sehr«, antwortete Clemens Doppler und legte den Ring auf den dunkelgrünen Samt.

»Jetzt können Sie Ihr geliebtes Tier immer am Finger tragen«, tröstete ihn der Bestattungsunternehmer pietätvoll.

»*Sie* wird ihn tragen«, korrigierte ihn Doppler, »den Ring bekommt meine Frau als Geschenk zum Hochzeitstag.« Er nahm ein Kuvert aus seiner Anzugstasche und legte es auf den Glastisch. Der Geschäftsmann gab den Ring zurück in die Schatulle und schob ihn Doppler zu. Dann zog einen kleinen Zettel hervor und erklärte: »1,00 Karat Diamant, Clarity: VVS 2, Color E, Schliff Brillant, erste Klasse. 7.000 Euro ohne Rechnung.« Dann nahm er das Kuvert, zog die Scheine heraus, zählte sie, nickte und stand auf. Mit einem »Vielen Dank und Grüezi wohl« reichte er Doppler die Hand und begleitete ihn zum Ausgang.

Die Firma hatte ihren Sitz etwas außerhalb von Chur, der ältesten Stadt der Schweiz, direkt am Rhein. Auf dem flachen unauffälligen Gebäude prangte der goldene Schriftzug ›Almeda‹. Äußerlich deutete nichts darauf hin, dass hier Europas Marktführer für Diamantbestattungen zu Hause war. Hierher schickten Hinterbliebene die Asche ihrer Lieben, um daraus Diamanten herstellen zu lassen. Da diese Bestattungsform nur in Holland und der Schweiz erlaubt war, boomte das Geschäft.

2.

Langsam rollte Clemens Doppler mit dem dunkelgrünen Jaguar XJ 12 ›Double Six‹ Richtung Autobahn. Der Firmengründer Alois Panzl hatte den Wagen anlässlich des Sieges bei der Winterolympiade 1968 von Inge Prahl in Grenoble gekauft, mit dem Firmennamen ›Tornado‹ versehen und an seine Geschäftsführer weitergegeben.

Panzl hatte im Jahre 1955 mit einer Alpinskiproduktion am Stadtrand von Bad Ischl begonnen. Heute ist ›Tornado‹ der weltweit größte Produzent von Alpin- und Langlaufski. Clemens Doppler war geschäftsführender Generaldirektor, bis er vom Neffen des Seniorchefs abgelöst wurde. Joachim Panzl war 30 Jahre alt, studierter Wirtschaftswissenschaftler, sympathisch, weltgewandt, humorvoll, attraktiv. Ein ›Beckham Typ‹ und verheiratet mit einem Supermodel.

Clemens Doppler wurde in die zweite Reihe versetzt. Welch Schmach! Seine Frau Agnes verkraftete den Imageverlust nicht. Das Aus mit der Anrede ›Frau Generaldirektor‹ machte ihr schwer zu schaffen. Dazu der Verlust des Dienstautos, der geräumigen Firmen-Villa am Wolfgangsee. Nach seiner Degradierung erstickte ihre Ehe in kürzester Zeit in Gleichgültigkeit, ihr Sexleben missriet zur quartalsmäßigen Pflichtveranstaltung.

Doch Clemens gab nicht auf, stürzte sich in seine Arbeit. Dabei kam ihm zugute, dass Joachim Panzl nie da war, sich in erster Linie um die Auslandsgeschäfte kümmerte. Es war ein erhebender Augenblick für ihn gewesen, als er vor einiger Zeit zu einer Vorstandssitzung geladen wurde und der Eigentümer ihm mitteilte, dass er jetzt wieder die Nummer eins bei ›Tornado‹ sei. Dazu bekam er ein höheres Gehalt, Bonuszahlungen und die Villa am Wolfgangsee sowie den Jaguar zurück.

Die Autobahn 13 beginnt in Chur und führt über Liechtenstein nach Vorarlberg. Zügig fuhr er dahin. Kurz vor Kufstein legte er eine Pause ein und rief seine Frau an. Um 19 Uhr sei er zu Hause. Samt Überraschung. Erinnerte sie an ihren Hochzeitstag. Heute, den 18. August, zugleich der Geburtstag von Kaiser Franz Joseph. Agnes hatte damals darauf bestanden, den Hochzeitstermin auf diesen Tag zu legen.

Clemens Doppler setzte seine Fahrt fort. Dachte an seine Frau Agnes. Den Hochzeitstag. Und dann tauchte wieder die negative Erinnerung aus der Zeit seiner Degradierung auf. Wie im Film liefen die Bilder ab, während er den Jaguar heimwärts lenkte. Er war damals von einer Dienstreise aus Sotschi vorzeitig nach Hause gekommen und wollte Agnes überraschen. Mit einem großen Blumenstrauß in der Hand suchte er ihr kleines Antiquitätengeschäft in der Wirerstraße gegenüber dem Kongresshaus auf. Er ging über den

Innenhof zum Hintereingang und wunderte sich, dass nicht abgeschlossen war. Er wollte nach ihr rufen, da hörte er das laute Stöhnen eines Mannes. »Bitte schneller. Mach bitte schneller.«

Vorsichtig und ganz leise schlich Clemens Doppler über den Flur zur halb geöffneten Tür des kleinen Büros. Auf einem mit Holzintarsien verzierten Rokokoschreibtisch lag ein nackter Mann. Vor ihm stehend zog eine Frau ganz zärtlich ihre Zunge an seinem erigierten Glied hoch. Holz knisterte im Ofen, der eine wohnliche Wärme verbreitete. Eine bunte Lampe der Wiener Werkstätten legte ein angenehmes Licht über die beiden. Völlig entsetzt stand Clemens Doppler vor der Tür. Seine Frau Agnes stieg auf den Tisch, setzte sich auf ihren Liebhaber und senkte ihren Körper ganz langsam und erhob sich wieder. So hatte er seine Frau noch nie erlebt. Er kannte diese hocherotische Seite an ihr nicht. Ihre Bewegungen wurden rascher. »Gut so! Mach weiter. Bitte schneller.« Der Mann unter ihr war Joachim Panzl, sein damaliger Chef.

Das langsame Auf und Ab und das laute Stöhnen trieben ihn fast in den Wahnsinn. Ein abgrundtiefer Hass auf die beiden stieg in ihm empor. »Ich bringe sie um.« Er ballte seine Fäuste und wollte hineinstürmen. Dann aber zog er sich Schritt für Schritt aus dem Vorzimmer zurück, trat ins Freie und schloss vorsichtig die Haustüre. Jetzt erst fiel ihm auf, dass die gesamte

Zeit ›Winter‹ aus Vivaldis ›Vier Jahreszeiten‹ zu hören war. Sein Lieblingsklassiker. Selbstredend, dass er sich nun hatte betrinken müssen.

»Es war von Anfang an klar, was zu tun ist«, murmelte er nun vor sich hin, »über den Zeitpunkt hätte man streiten können. Unglaublich, dass mir das Verhältnis der beiden nicht aufgefallen ist. Offensichtlich hat er mich damals auf die vielen Dienstreisen geschickt, um in Ruhe meine Frau vögeln zu können. Er hat mir alles genommen, dieses Schwein. Zunächst den Job, dann das Haus und das Auto und schließlich meine Agnes. Ich habe zwar alles wieder zurückbekommen, dennoch, es reicht einfach.«

Eines Tages war der Generaldirektor Panzl dann verschwunden. Wie vom Erdboden verschluckt. Seine junge Frau hatte bei der Ischler Polizei eine Vermisstenmeldung aufgegeben. Alle wurden befragt. Auch Doppler.

»Wann haben Sie Herrn Panzl zuletzt gesehen?«

»Am Tag der Sommersonnenwende. Er teilte mir an diesem Morgen mit, dass er nach Schweden fliegen wolle.«

»Auf keinem österreichischen Flughafen hat ein Joachim Panzl eingecheckt. Lediglich sein Auto wurde am Blue Danube Airport Linz gefunden. Wo waren Sie eigentlich an diesem Tag?«

Doppler schaltete schnell: »Ich war mit meiner Frau in Bad Goisern. Wir besitzen dort eine Almhütte.«

»Gibt es Zeugen?«

»Die gesamte Region. Vor allem jene Leute, die sich nach dem Sonnwendfeuer im ›Gasthof Moserwirt‹ getroffen hatten.«

Doppler hielt an der Autobahnraststätte Walserberg an, um zu tanken. Der Jaguar verbrauchte jede Menge Sprit. Als er den Zapfhahn von der Tanksäule in der Hand hielt und den ätzenden Benzingeruch wahrnahm, fiel ihm in Folge der Abend der Sommersonnenwende ein.

»Ich müsste einiges mit dir besprechen. Fahren wir doch gemeinsam zu meiner Almhütte. Wir reden und feiern mit einem Sonnwendfeuer den Sommeranfang. Ohne unsere Ehefrauen. Und ich lade uns einige Damen ein«, hatte er Joachim Panzl bedrängt.

»Wie soll ich das machen? Ich kann nicht an einem Wochenende ohne Grund einfach wegfahren. Meine Frau ist da viel zu misstrauisch.«

»Dienstreise. Du stellst das Auto auf den Parkplatz beim Flughafen Hörsching. Ich hole dich ab und wir fahren gemütlich auf die Alm. Außerdem eignet sich mein zweites Auto besser. Mit dem Allrad kommen wir leichter den Berg hinauf. Es hat stark geregnet und die Zufahrt ist nicht asphaltiert.«

Panzl dachte kurz nach und willigte ein.

Die aus Granit gebaute und mit weißem Kalk gemauerte Almhütte der Familie Doppler stand völlig frei auf einem Hügel direkt am Waldrand. Etwa fünf Kilometer entfernt waren Kirchturm und Ortskern der Salzkammergutgemeinde Bad Goisern zu erkennen. Die beiden Männer erreichten das Haus gegen 19 Uhr. Clemens Doppler hatte an alles gedacht und war bestens vorbereitet.

»Du wolltest etwas mit mir besprechen?«

»Später. Nicht so wichtig.«

Erst die Arbeit, dann das Vergnügen. Clemens erklärte ihm, dass er zuerst seine Hilfe für das Sonnwendfeuer benötige. Dass er den Preis für das größte Sonnwendfeuer gewinnen möchte. Vom Goiserer Kirchturm beobachte eine Kommission unter der Leitung des Bürgermeisters alle Feuer der Umgebung. Je nach Helligkeit und Größe würden Punkte vergeben. Beim ›Gasthof Moserwirt‹ gebe es dann die Siegerehrung, die er im Vorjahr knapp verpasst habe.

Danach sollte eine Bauernjause zur Stärkung folgen, und später kämen die Damen.

Clemens Doppler drückte ihm eine Axt in die Hand. Sie gingen beide zum Holzplatz, spalteten Rundhölzer und schichteten sie in einem sicheren Abstand zum Haus auf.

»Heuer verwende ich Benzin, um die Flamme hochzuheizen«, kündete Clemens an. Joachim arbeitete wortlos dahin. Sie stellten die etwa zwei Meter hohen Holzstücke wie ein Wigwam zusammen. In der kreisförmigen Fläche, die darunter entstand, legten sie zwei Lagen Holzscheite. Darauf kamen getrocknetes Reisig und schmale trockene Äste. Es sollte sofort lichterloh brennen. Nach einer Stunde waren die Vorbereitungen abgeschlossen.

»Du wolltest nichts mit mir besprechen. Du wolltest nur, dass ich bei dir schufte und mithelfe, diesen komischen Wettbewerb zu gewinnen«, stöhnte Joachim Panzl. Dann fragte er noch: »Wann kommen eigentlich die Mädels?«

»Gegen 22 Uhr. Ich habe vier Bulgarinnen vom Chef des ›ÖKM‹ in Sulzbach bestellt. «

»Ich bin schon gespannt, was du ausgesucht hast.«

Das Gespräch plätscherte dahin. »Seinerzeit« und »früher« waren die Hauptthemen. Sie tranken Most und jausneten.

Nach einiger Zeit fragte Panzl: »Als Nebenerwerbsbauer kannst du sicher mit etwas Selbstgebranntem aufwarten.«

Clemens Doppler ging ins Haus. In der Küche nahm er zwei übergroße Schnapsgläser aus dem Schrank. Er füllte sein Glas zur Gänze und das Glas seines Gastes zur Hälfte. Dann nahm er ein kleines Fläschchen aus seiner Umhängetasche und füllte das Glas mit K.-o.-Tropfen auf. Den leichten Eigengeschmack der Tropfen würde der Schnaps überlagern. Clemens wusste, dass Tropfen aus Barbituraten und GBL/GHB bei Überdosierung tödlich wirkten. Sie führten zu Atemstillstand.

Er nahm die beiden Gläser und ging damit zum Tisch.

»Ex«, befahl er.

»Also ex!«

Sie schütteten in einem Zug den Schnaps die Kehlen hinab. Danach gab es eine weitere Runde. Gleiche Mischung. Bereits nach zehn Minuten klagte Danner über Schwindelgefühle und Übelkeit.

Kurze Zeit später rang er verzweifelt um Luft. Er griff sich an die Kehle, röchelte, sein Körper krampfte und zuckte. Schließlich fiel er vom Sessel.

Clemens Doppler ergriff seine Hand, um den Puls zu messen. Nichts. Joachim Panzl war tot. Er deckte die Leiche mit einer Decke zu.

Beim Einsetzen der Dämmerung holte er einen Benzinkanister und entfernte einige Holzstämme. Somit entstand eine Art Tür. Er wälzte die Leiche über das darunterliegende trockene Brennholz. Zusammengekrümmt lag der tote Joachim Panzl auf seinem Scheiterhaufen. Dann nahm Doppler den Benzinkanister, leerte den Inhalt über Leiche und Holzstämme, entzündete ein Papiertaschentuch und warf es dazu. Mit einer leichten Explosion begann die Kleidung des Toten und das darunterliegende Trockenholz sofort Feuer zu fangen. Clemens Doppler war zufrieden. In kürzester Zeit brannte sein Sonnwendfeuer lichterloh.

Er trank Rotwein, rauchte und beobachtete, wie ringsherum die Feuer der Talbewohner leuchteten. Zu seinem Glück herrschte völlige Windstille. So stieg die Rauchwolke mit dem stinkenden, verbrennenden Blut, Fett und Fleisch des Toten direkt in den nächtlichen Mondhimmel. Nach einer Stunde stand er auf und ging ganz nah zum Feuer. Joachim Danner war nur mehr ein schmaler, kleiner schwarzer Klumpen auf einem Haufen weißer Asche.

Einige Zeit später fuhr Clemens Doppler mit seinem Auto in den Ort. Beim ›Gasthof Moserwirt‹ warteten sie schon auf ihn. Dort erfuhr er, dass sein Scheiterhaufen am höchsten gebrannt hatte und am weitesten sichtbar war. Er wurde als Sieger gefeiert.

»Man muss nur das Richtige verheizen, dann gewinnt man«, sagte er bei seiner Dankesrede und bestellte Bier für alle.

Am nächsten Morgen brach Clemens bald auf, holte eine Schaufel und einen Kübel und schritt zur Brandstelle. Mit der Schaufel hob er die obere Asche ab, so lange bis ein schneeweißer Aschehaufen – durchzogen mit schwarzer Schlacke – zum Vorschein kam. Mehr war von Joachim Panzl nicht übrig geblieben. Er schaufelte ein Viertel der Asche in einen Kübel. In der Garage füllte er sie in einen kleinen schwarzen Plastiksack um und stellte diesen in der Küche auf die Küchenwaage. Er nahm so viel Asche heraus, bis der Zeiger ein halbes Kilo anzeigte. Behutsam leerte er diese Menge in einen bereitgestellten Plastiksack, ging zum Auto und verstaute ihn im Kofferraum. Die am Brandplatz verbliebene Asche wurde entsorgt. Danach machte er sich Kaffee, setzte sich in den Garten, rauchte und blickte zufrieden in die Landschaft.

Vor zwei Monaten war er schon einmal in der Schweiz gewesen. Zuvor hatte er mehrmals mit der Firmenleitung der Schweizer Diamantbestattung Almeda telefoniert und stets betont, dass er seinen Hund in einen Diamanten verwandeln wolle. Schließlich willigten die Schweizer ein.

»Sie haben ja das ganze Tier mitgebracht.«

»Das Tierkrematorium hat mir den Sack so übergeben«, log Doppler.

Der Schweizer Bestattungsjuwelier erklärte ihm: »Wir benötigen 500 Gramm, um aus Asche einen Diamanten zu produzieren.«

Genau so viel hatte Doppler dabei.

Nach der langen Fahrt von Chur nach Salzburg fuhr er bei Mondsee von der Autobahn ab, nahm die Bundesstraße über St. Gilgen nach St. Wolfgang und parkte gegen 19 Uhr den Jaguar vor seiner Villa. Er ergriff den Rosenstrauß, den er bei der Autobahnraststätte gekauft hatte, und stürmte die Treppe hoch. Agnes kam ihm entgegen, umarmte und küsste ihn. Sie trug ein weißes Seidenkleid, das ihren Körper umhüllteund an einigen interessanten Stellen transparent war.

»Ich liebe dich. Alles Gute zum Hochzeitstag!«

»Ich liebe dich auch«, antwortete Clemens.

Sie nahm die Blumen in Empfang und beide betraten das Haus. Agnes führte ihn direkt in das Speisezimmer. Zu seinem Erstaunen empfing sie ein livrierter Kellner mit Champagner.

»Nimm Platz! Heute wird verwöhnt! Bitte keine Fragen.«

Vor dem Fenster, das einen Blick in den riesigen und gepflegten Garten und auf den Wolfgangsee freigab, war ein Buffet aufgebaut. Ein Mädchen brachte die Vorspeise: Französische Austern. Langsam schlürfte Agnes die Köstlichkeit. Als sie die Zunge zur Schale führte und die Muschel langsam in ihren Mund saugte, sah sie ihm direkt in die Augen. Bei der zweiten Vorspeise – ein Carpaccio vom Seehecht – zog sie ihre Schuhe aus und legte ihre Füße auf seine Knie.

Bei der dritten Vorspeise – einem Parfait aus Hirschleber – drückte sie seine Beine auseinander und begann mit ihrem rechten Fuß sein Glied zu berühren. Clemens Doppler war verwirrt und wusste überhaupt nicht, wie ihm geschah. Der Kellner schenkte ständig Wein nach.

Agnes wartete die Nachspeise nicht ab, nahm ihn an der Hand und führte ihn nach oben in sein Arbeitszimmer. Während eines langen Kusses entkleidete sie ihn und drängte ihn auf den Schreibtisch. Dann nahm sie eine Fernbedienung, startete den CD-Player und ließ ihr Kleid vom Körper gleiten. Sie beugte sich über ihn und strich ganz langsam mit ihrer Zunge über sein erigiertes Glied. Es erklangen die ›Vier Jahreszeiten‹ von Antonio Vivaldi. Clemens Doppler erkannte ihr Spiel sofort, er hatte es an jenem Winterabend in ihrem Antiquitätengeschäft schon einmal gesehen. Und tatsächlich stieg sie auf den Tisch, setzte sich – wie damals bei ihrem Liebhaber – mit gespreizten Beinen auf ihn und begann sich ganz langsam auf und ab zu bewegen.

Er ließ es geschehen. Die Zeit schien endlos. Doch irgendwann war das Spiel beendet.

Sie bekleideten sich, stiegen die Treppe hinab, Agnes ging voran.

»Ich habe eine Überraschung für dich.«

Agnes blieb stehen und drehte sich um. Clemens Doppler zog die kleine Schatulle aus seiner Sakkotasche, holte tief Luft, öffnete sie und nahm die ›Ischler Rose‹ mit dem aus der Asche ihres Liebhabers produzierten Diamanten heraus. Sie umarmte und küsste ihn.

»Eine ›Ischler Rose‹ nicht mit einer Perle, sondern mit einem Diamanten?«

»Spezialanfertigung. Nur für dich!«

»Steck ihn mir bitte an. Wie damals in der Kirche.«

Clemens Doppler lächelte vielsinnig und erfüllte ihr den Wunsch. Danach überreichte er ihr ein weißes Kuvert und sagte: »Ich stelle noch schnell den Wagen in die Garage.«

Als er wegging sah sie ihm überrascht nach. Erst dann öffnete sie den Brief und begann zu lesen:

Dr. Christoph Haffner. Verteidiger in Strafsachen, 3300 Amstetten, Burgweg 7. Der erste Termin in der Scheidungssache Clemens gegen Agnes Doppler findet am Montag, 1. September am Bezirksgericht Gmunden statt.

Sie ließ das Schreiben sinken und schrie ihm entsetzt nach: »Clemens, Clemens! Was soll das alles! Komm bitte zurück! Lass uns doch darüber reden!«

Aber Clemens Doppler fuhr bereits langsam in dem dunkelgrünen Jaguar XJ 12 ›Double Six‹ aus dem Eingangstor des Gartens hinaus auf die Straße.

DIE ROSEN ROSL

BERNHARD BARTA

Gustl Brandners blumigster Fall

Er sah auf das Glas vor sich auf dem Tisch. Halb leer. Da stellte ihm die Bärbel noch die Flasche dazu. Literflasche. Widerwillig, sichtlich aus Mitleid. Zu Tode saufen, sagte der Blick, löse halt noch lang kein Problem! Seit der Gustl wieder allein herkam, also ohne Damenbegleitung, seit er also wieder so da saß in seinem grünen Trachtenjanker, hatte sie nicht ein Auge auf ihn geworfen. Sondern gleich alle zwei.

Jessasmaria, hätten sie gut zusammengepasst! Die Bärbel zog das knappe Kostümchen glatt. Überhaupt jetzt, wo sie avanciert war. Chefin im Service, im berühmten Zauner-Café. Fräulein Oberin quasi! Und der Herr Chefpolizist. Ischls beliebteste Blondine beäugte begierig ihren Zukünftigen. Doch Gustl Brandner stierte weiter nur stumm ins Glas.

Ein Mördertag, dachte der Ischler Inspektor mit Gmundner Amtssitz. Ohne Frage. Ein Sonntag, an dem er mit dem Allerschlimmsten gerechnet hatte. Nun war es noch dicker gekommen. Resigniert sah er zur Bärbel hinauf. Die ließ noch ein paar Seufzer vom Stapel und trollte sich. Rasch kippte er den Schnaps in sich rein.

»Schau, schau, der Gustl! Wie geht's?«

Brandner zuckte zusammen. Ein Bauch, ein schwarzer Anzug, weißer Nikolausbart. Breitbeinig stand der Zauner Seppi da. Zwei Wochen lang, hörte der Brandner, habe er sich nicht mehr blicken lassen. Nicht ohne Grund, dachte der Inspektor, und steckte wieder die Nase ins Glas.

»Die arme Rosl«, legte da der Zauner schon los.

Brandners Blick wanderte vom kopfschüttelnden Meister zur Fotowand. Bester Lehrling Österreichs. Stand über der Urkunde mit Zuckergusstorte und der Jahreszahl 2006. Darunter ein Name: Rosa Hufnagl.

Der Brandner hob müde den Arm. Fünf waren's nun schon. Fünf in zehn Jahren. Zwar waren alle wieder aufgetaucht, doch kein einziger Fall gelöst. So wie die Lainer Mirli. Die nächtens in den Betonmischer gefallen war. Also verbuddelt im Mischer vom Sandgruber, dem größten Bauunternehmer im ganzen Bezirk. Klar, dass so eine da nicht mehr im Ganzen rauskommt. Vom Fundament im neuen Einkaufszentrum. Ein zartes Dirndl, die Mirli. Unklar, wer sie da reingeleert hat. Oder die Gerti vom Huberbauern. Die ist gar erst nach drei Monaten wieder aufgestiegen. Aus dem See in der

Hallstatt. Verbuddelt im Seegrund. Bei der Traunwehr vom Steegwirt, und das im Hochsommer. Na, die hat vielleicht ausgeschaut!

»Die Rosl«, seufzte der Zauner. »Was hat sich das Dirndl da bloß gedacht.«

Was gedacht? Und wobei? Das Gspusi mit dem Burger Max, ihrem Freund? Oder das mit den Dirndlkleidern? Jessas! Die waren immer knapper und praller geworden, und immer viel zu tief ausgeschnitten. Und erst ihre Blicke. Meine Herren! Konnte die mit den Wimpern klimpern, wenn sie ihre Blumerln am Kai gepflückt hat. Kein Mann hat da vorbeigeschaut. Und hat's doch einer probiert, dann hat ihn die Rosl erst richtig aufgereizt. Angequatscht. Nur die feinen Herren! Ein kleines Luder war sie gewesen. Ein wenig ausgschamt, die Rosen Rosl. Jaja, da kam man halt schnell ins Gered …

»Geht doch grad so lang, wo du da bist, gell?«, posaunte der Zauner. »Das mit den Morden!«

Brandner senkte beschämt den Kopf. Der Nebentisch hört schon wieder mit. Recht hat er ja, der Zauner. Alles hatte im Frühjahr begonnen. Genau vor zehn Jahren. Mit dem Anruf vom Herrn Präsidenten. Gratuliere! Dein erster Bezirk. Hatte der Gruber aus dem Hörer geplärrt. Zwar nicht Wien-Hietzing! Aber eh herrlich in Gmunden. Heil dir, Gustl Bezirksinspektor! Hatte der Gruber gelacht und aufgelegt, der Herr Polizeipräsident. Hatte der da gewusst, welche Suppe ihm das noch einbrocken würd? Kommando Salzkammergut. Eine Himmelfahrt! Na ja, eher ins Salzkammergut. Er schenkte sich nach. Ein Schluckerl zum Trost!

Zwei Tage später war er dann tatsächlich hergefahren. Nach einer Woche lag schon die Erste da. Die Mirli mit den Beton-Patschen. So war's dann munter weitergegangen. Alle zwei Jahre ein Dirndlmord. Gmunden, Ischl, Goisern und wieder retour. Alle waren sie vergraben worden. Verbuddelt. Oder versenkt irgendwie. Von den ganzen Schweinereien, die er sonst aufgedeckt hatte, sprach da bald keiner mehr. Geklappt hatte es dann doch noch mit der Beförderung. Nach zehn Jahren Salzkammergut-Polizei. Da hatte ihm der Präsident dann den dritten Stern ans Uniformjackerl gepickt. Seinem Lieblings-Chefinspektor. Hatte der Gruber gratuliert bei der Verleihung und gelacht dabei. Weil's ja eh passen würd. Also aufklärungsmäßig, mit der Quote und so. Nur mit der Frühjahrsleich. Da hätt's jetzt ein End!

»Jetzt hat's aber ein End!« Der Zauner haute ihm auf den Tisch, dass dem Inspektor das Stamperl davonsprang. Genau. Dachte der Brandner bitter. Das versaute ihm die Aufklärungsquote. Ein Schluckerl noch!

»Schmeckt's?«, fragte der Zauner vorwurfsvoll. »Na ja … das Roserl. Liegt halt auch dir im Magen«, traf er ins Schwarze. Er roch lustlos an seinem Sträußchen und steckte seufzend einen Rosenkopf in die schmale Vase an Brandners Tisch.

»So fein hat's immer alles geschmückt. Und so geduftet. Wie ihre Roserl halt …« Genießerisch zog er die Nase hoch. »Und jetzt das.«

Brandner nickte versonnen. Auch er sah sie direkt vor sich. Wie sie im blau-rosa Dirndl die Esplanade entlang hüpfte. Singend. Ihre Sträußchen auf den Tischen verteilte. Mal Veilchen mal Rosen, dann wieder Vergissmeinnicht. Und plötzlich waren da die rostigen Hände. Die sich um den schlanken Mädchenhals schlangen. Zudrückten. Immer mehr zudrückten … Wie oft hatte er sich das ausgemalt.

»Gehst hin?«

Die Frage riss ihn aus seiner Versenkung. Verdammter Schnaps! Zehn Uhr vormittags schon besoffen. Er hoffte nur, dass er nicht gar zu fertig aussah.

»Klar, geh ich!« Brandner lachte zynisch. Schließlich war's nicht nur die Zauner Rosl. Sondern auch die neue Frühjahrsleich. Und die ging ja wohl nur ihn etwas an. Verdammtnochamal!

»Aha«, meinte der Zauner nur, drückte ihm eilig das Sträußchen in die Hand und tänzelte zum Eingang zurück. Der Herr Bürgermeister war in Trauerkleidung zu sehen. Brandner fiel schwer zurück in den Stuhl. Das gab bei Gott keine schöne Leich', die Rosl! Er genehmigte sich den letzten Schluck und stemmte sich hoch.

Eigentlich sollte er auch noch auf dem Ischler Posten nach dem Rechten sehen. Doch in einer halben Stunde war die Rosl dran. Er hoffte noch rechtzeitig dort zu sein. Bevor es ans Eingraben ging.

Im Schaufensterspiegel der Esplanade fiel es ihm auf: Grau war er geworden. Seit das mit der Rosl passiert war. Schnaufend erreichte er den Hügel. Sie würden ihn hassen. So viel war klar. Erstens, weil er für die Ischler noch kein echter Dasiger war, zweitens, weil die Rosl super beliebt gewesen war. Da im Ort.

»Also da oben!«, schnarrte der Bürgermeister statt einer Begrüßung. »Oben im Rosengarten!«

»Im Rosengarten«, echote der Brandner, um nur etwas zu sagen.

»Na, und?«

»Wir ermitteln noch.« Im Umgang mit Obrigkeiten hatte er es sich zur Angewohnheit gemacht, möglichst wenig zu sagen. Doch dieses Mal gab es rein gar nichts. Kein Spürchen. Vom Mörder der fünften Frühjahrsleich. Nur dass wieder eine verbuddelt worden war.

»Und die Obduktion?«

»Frau Doktor wertet schon aus«, gab der Brandner zurück. Seine Gedanken kehrten zum Seziersaal zurück. Wie üblich war die Frau Doktor wieder launisch gewesen. Aber verdammt gut im Job, die Füchsin! Offene Wunde am Kopf. Habe zwar zur Bewusstlosigkeit, doch nicht zum Tode geführt. Kleine

Eisenpartikel rührten vom zwar scharfkantigen, doch nicht messerscharfen Gegenstand her. Ein paar Kratzspuren, keine DNA. Demnach, so die Füchsin, habe man die arme Rosl noch lebend verscharrt. Eingebuddelt. Erstickungstod. So ihr Bericht. Hatte der Täter sie für tot gehalten?

Der Bürgermeister schaute eisig. Da war nicht grad Vertrauen in seiner Stimme zu spüren. Brandner wünschte sich fort. Gottseidank ohrfeigte der Pfarrer den Ministranten und gab letzte Anweisungen, die auch den Bürgermeister betrafen. Gschaftig machte sich der davon.

Schon schleppte sich der Trauerzug den Hügel hinauf. Die alten Hufnagls schlurften vornweg. Ohne die einzige Tochter. Die war ja schon vorausgegangen.

Die beiden Gärtner hatten bereits den einfachen Holzsarg aufs Grab gestellt. Normalerweise kam ja nur der alte Meier daher. Warum stand da noch der Hofer bei ihm? Seit die Gemeinde für den Totengräber zu pleite war, setzte man die Gärtner ja überall ein. Mal im Lenné-Park, dann im Rosengarten. Von Fall zu Fall halt am Friedhof. Überall, wo's was zu verbuddeln gab. Der Hofer sah wie immer todtraurig drein. Quasi schon Gesichts wegen geeignet, dachte der Brandner. Übler Job, zu warten bis es ans Eingraben ging. Er schaufelte noch ein paar Brocken Erde vom Sarg und legte blühende Rosen aufs Holz.

Sie hätt halt net blühen wollen, hatte der Gartendirektor ihnen vor ein paar Tagen plötzlich am Handy erklärt. Die Queen Victoria. Im neuen Rosengarten. Da hätt er's halt selbst aufgegraben, das Beet. Und statt der faulen Wurzel … hier war der Direktor ins Stocken geraten … stand da halt der Fuß heraus.

Noch in der Minute war er hinausgefahren. Zum Herrn Direktor. Da waren sie dann davorgestanden. Im Rosengarten. Vor der Rosen Rosl ihrem Fuß. Ausgerechnet. Schimpfte der Direktor. Unter der Queen Victoria.

In so einem Fall rief man die Linzer Kollegen. Unter größter Geheimhaltung war der Kaiserpark abgesperrt worden, die Tatortgruppe hatte die Rosl herausgeholt. Schließlich hatten sie sie wieder hineingesteckt und schön gegossen. Die Queen. Keiner sollte wissen vom Mord im Rosengarten. Dem Prunkstück der Gartenschau, die eh so teuer gewesen war. Millionen-Show!, wie der Direktor betonte. Nicht am Vorabend des Eröffnungstags. Da schon gar nicht! Wo doch der Herr Landeshauptmann … Da könne man keine Leiche brauchen. Da sei die Rosl im Weg.

Brandners Blick schweifte über die Grabreihen hinweg. Für gewöhnlich standen die Gärtner etwas abseits, doch diesmal saß der Hofer am Nebengrabstein. Als ob er dazugehörte. Die Tränen kullerten dem nur so übers Gesicht. Er sah sich um, holte den Flachmann aus seiner Pluderhose und stürzte den Inhalt hastig hinunter. Der Arme! Hatte die Rosl wohl näher gekannt.

Nur der Herr Pfarrer schien recht zufrieden. Nickte huldvoll die Trauerschar ab. Alles glänzte in Sonntagstracht. Sogar der Zauner hatte sein ewiges Zuckerweiß gegen Rabenschwarz eingetauscht. Jeder hatte die Rosl gekannt. Manche hatten ein nahes Verhältnis zu ihr. Einige mehr.

»Eh klar!«, haute der Zauner ihn in die Seite, als er neben dem Brandner zu stehen kam. »Der Max war's! Also wenn's einer war, dann der Junior!«

Nicht von schlechten Eltern der Max. Weil dem Burger, also dem Senior, gehört der größte Alteisenhandel im ganzen Bezirk. Also auf halbem Weg nach St. Gilgen raus. Wenn einer nur ein Kilo Beschläge braucht oder ein Ofenrohr oder irgendwas, dann fährt man zum Burger raus.

»Die Rosl hat halt auch immer was gebraucht«, raunte der Zauner. »Vom Eisen junior.«

Der Brandner gab ihm recht. Von Anfang an hatten sie den Burger Max in Verdacht. Schließlich war er der Freund der Rosl gewesen. Oder ihr Lover oder halt sowas Ähnliches.

Noch in der Nacht hatte der Direktor gemeint, dass wohl jetzt irgendwer zu den Eltern gehen sollt. Natürlich, so der Direktor, solle der Herr Inspektor doch bitte gleich selbst hinfahren. Wo er ja grad da sei. In Ischl. Halt rein praktisch gesehen.

So war er dann in der Früh auch noch dort hingefahren und hatte den Hufnagls also Nachricht von ihrer einzigen Tochter gebracht. Dass sie verblichen sei. Aber nichts vom Rosengarten. Nur vom Kaiserpark unter den Bäumen hatte er ihnen erzählt. Sie sei halt wohl dort oben spazieren gegangen, die Rosl, unter den Bäumen. Er hatte ganz allgemein erzählt. Sonst nichts gesagt. Schon allein wegen dem Landeshauptmann. Weil der dann ja zu Mittag doch so schön eröffnet hat. Mit der Musikkapelle. Und Bürgermeister. Die Millionen-Schau. Im neuen Rosengarten. Mit der Queen. Herrlich hatte die da geblüht.

Auch die nackten Brüste der Rosl hatte er den Eltern erspart. Den braven Alten die Sonntag für Sonntag zur Messe gingen. Von Kaltenbach her. Zu Fuß. Hand in Hand, ihre Rosl mittendrin. Deren Fuß nun schon bald wieder unter der Erde lag. Nur holte den jetzt niemand mehr raus.

Die Trauerandacht begann.

»Die schönste Rose am Strauch …«, legte der Pfarrer los. »Grad erblüht. Und schon zerdrückt. Vom Frühlingsmörder!« Die ganze Runde murmelte beifällig und blickte den Brandner an. Der stellte den Kragen hoch und wünschte sich fort. So hatte man ihn auch am Stammtisch gefragt. Ob denn nicht endlich Schluss wär mit der Morderei. Oder ob denn nicht, hatte der Herr Graf wissen wollen, ob denn nicht wenigstens seine eigene dabei sein könnt. Bei der Frühjahrsleich! Hatte der Graf gelacht. Ein Stammtischwitz. Suff oder nicht, lustig war das kaum!

»Auch der größte Sünder«, mahnte der Pfarrer nun, »der kleinste Wurm … ist Gottes Geschöpf. So lasst uns denn beten. Für unsere Rosl. Die schönste Rose. Und für den Mörder, der sie so jäh gepflückt hat.«

»Da ist er ja!«

Alle Blicke folgten Zauners Finger. Die drei Burgers standen breitbeinig im Friedhofseingang. Mit Trotz im Gesicht. Nur der Junge sah stark verweint aus.

»Hat der Nerven …«, flüsterte der Birngruber, der sich wieder einmal verspätet zum Brandner gesellt hatte. Während der Bursch zu zögern schien, zog der alte Burger Frau und Sohn barsch hinter sich her. Bis er direkt vor den Hufnagls stand.

»Mei Beileid!« Der Alte streckte dem Freund aus Kindertagen die Rechte hin. Totenstille lag über dem Ischler Hain. Grad so, als hörte man ein Rosenblatt fallen.

Seufzend machte sich die Erleichterung breit. Der Hufnagl hatte eingeschlagen.

Hochwürden fuhr fort. »Schönheit! Jawoll, Schönheit! Von Gottes Gnad…«, drang es dem Brandner ans Ohr. »An Geist … und bsonders am Leib!« Beifälliges Raunen. Der Herr Pfarrer hatte die Rosl richtig gewürdigt. Er wischte sich noch über den Mund. Man betete einen Rosenkranz für ihr Seelenheil. Brandner brachte sich einen Schritt vor in Position. Man kam zum Höhepunkt. Die Versenkung. Doch davor ging noch einmal jeder an der Rosl vorbei. Das letzte Geleit. Der Zauner für seine dufteste Kellnerin. Der Lehrer für die beste Schülerin. Der Obmann vom Jungbauernbund fürs Kalender-Girl. Als nächster Trauernder stand der Hofer am Sarg. Schwer auf den Gärtnerspaten gestützt.

»Was bsonders …«, bekam der Inspektor zu hören. »Die Rosl. Dass sie so eingehen muss … unter der Victoria Queen.«

Der Hofer schüttelte weinend den Kopf. Der Vater dankte und nahm den nächsten Beileider dran. Es war der Burger, der Junior.

»Am liabsten …« Tränen schossen dem Burschen ins Aug. »Den Chili-Burger … Den hat's am liabsten ghabt.« Damit griff er zum Taschentuch.

»Ach wo … der markiert doch«, zischte der Zauner dem Brandner zu. »Wie die Achterbahn waren's die zwei.«

Tatsächlich hatte man den Max und die Rosl am Donnerstag vor drei Wochen bei Börni's Burger gesehen. Erst knutschend, dann heftig streitend, schließlich hätten sie sich geschlagen, hieß es. Am nächsten Tag war sie weg.

»Vom Erdboden verschluckt!«, dozierte der Zauner. »Donnerstags noch Geknutsche, freitags der Mord! Klar?!« Sichtlich stolz war er zum Resümee gelangt.

Gustl Brandner winkte ab. Er hatte genug gesehen.

Als alle das Kreuzzeichen schlugen, stellte sich der Inspektor am Ausgang auf. Nun war ihm klar, wer die arme Rosl auf dem Gewissen hatte. Unklar war nur, ob sie vorsätzlich dort in den Rosengarten gelockt worden war. Oder war sie aus purem Zufall spazieren gegangen? Brandners Nase juckte schon wieder. An Zufälle glaubte er ja schon lange nicht mehr.

Alles passte zusammen, er sah die Rosl vor sich: Der Strolch küsst sie. Sie wehrt sich. Er reißt der Rosl die Schürze vom Leib. Läuft hinterher. Schlägt zu. Trifft sie am Hinterkopf. Ein Unfall? Womöglich. Lust und Gier war's gewesen, und Wut über die Zurückweisung. Vielleicht auch die Angst, als sie dann da gelegen war. So gut wie tot. Da hatte er sie wohl eingegraben. Wie immer. Wahrscheinlich war auch der verdammte Schnaps wieder im Spiel …

Traurig griff er in den Mantel. Nahm einen Schluck. Vom Grab winkte der Herrn Direktor herüber. Da kamen schon die ersten Trauernden daher. Niemand hatte gesehen, wo man die Rosl ausgegraben hatte. Da unter den Rosen. Unter der Queen Victoria. Niemand außer dem Täter, der sich ja doch verplaudert hatte. Nun grub der immer noch. Ein letztes Schluckerl! Schließlich würd's noch ein Weilchen dauern. Denn der Gärtner ging immer zum Schluss.

VITEN HERAUSGEBER

Jeff Maxian

ist im Bereich Medien- und Kulturmarketing tätig. Zugleich Gesangssolist und Arrangeur im Bereich Jazz/Rock/Crossover. Als legendärer Tourneeproduzent und Konzertagent hatte er lange Zeit mit den internationalen Größen des Showbusiness zu tun und gestaltete bzw. produzierte Live-Events und Tourneen von Joe Cocker, Tina Turner bis Falco. Autor in diversen Publikationen und Anthologien. Co-Herausgeber der Anthologien »Mords-Zillertal«, »Mords-Bescherung«, »Mords-Wasserkraft«.

www.jeffmaxian.com

Erich Weidinger

Pädagogische Ausbildung zum Erzieher. Wechsel in den Buchhandel, parallel als Autor tätig. Publikationen: Sechs Bücher zur österreichischen Sagenwelt, diverse Kinderbücher, Hrg. Jugendkrimianthologie »Schneller als die Angst« (Obelisk Verlag), etliche Kurzkrimis in diversen Anthologien, Co-Herausgeber der Anthologien »Mords-Zillertal«, »Mords-Bescherung«, »Mords-Wasserkraft«. Im Sommer 2014 wurde die mit Beate Maxian verfasste Krimikomödie »Nachbarleider« im österreichischen Salzkammergut uraufgeführt.

www.erich-weidinger.at

AUTORENVITEN

Bernhard Barta

Geboren 1974 in Linz, promovierter Kunsthistoriker, lebt in Linz und Altmünster am Traunsee. Seit 2003 freier Autor, Kurator und Kunstjournalist österreichischer Tageszeitungen. Mehrere Publikationen, darunter so erfolgreiche Sachbücher wie »Künstler & Kaiser im Salzkammergut – Anekdotisches zur Sommerfrische«. Mit »Sissis Tod« veröffentlichte er 2013 erfolgreich den ersten Band einer neuen Bad-Ischl-Krimireihe rund um Inspektor Brandner. 2014 folgte der zweite Teil: »Sissis Gold« (Haymon).

Gabriele Diechler

ist 1961 in Köln geboren und lebt in Seewalchen am Attersee. Seit 1997 arbeitet sie als Dramaturgin und freie Drehbuchautorin und ist seit 1998 Mitglied im Verein deutscher Drehbuchautoren. Zahlreiche Projekte für das deutsche und österreichische Fernsehen folgten. Zudem verfasst sie Kinderbücher, auch Kinderkrimis. 2010 erschien mit »Engpass« ihr erster Elsa-Wegener-Krimi im Gmeiner-Verlag, 2011 erschien »Glutnester«.

Zuletzt erschien der Roman »Geheime Liebe auf Sylt« (Gmeiner-Verlag).

Herbert Dutzler

Geboren 1958, aufgewachsen in Schwanenstadt und Bad Aussee, lebt als Krimiautor, Lehrer und LehrerInnenbildner in Schwanenstadt. Bekannt durch seine Altaussee-Krimis mit dem Altausseer Polizisten »Gasperlmaier«. Zuletzt: »Letzter Saibling«. Etliche Geschichten in diversen Anthologien (z. B. »Mords-Zillertal«, »Mords-Wasserkraft« – beide Gmeiner)

dutzler.wordpress.com

Hans Eichhorn

Geboren 1956 in Vöcklabruck, lebt als Berufsfischer und Schriftsteller am Attersee. Zahlreiche Auszeichnungen, u. a. Autoren-Förderungspreis der Stiftung Niedersachsen/Wolfenbüttel (1994), Preis der Literaturzeitschrift »manuskripte« (1999), Preis des Landes Oberösterreich für Lyrik (2005). Eichhorn steht auch für Minidramen, teils bereits aufgeführt. Zuletzt erschienen: »Und alle Lieben leben«, »Über den Niederungen«.

Angela Eßer

wurde in Krefeld geboren, studierte Theaterwissenschaft und war als pädagogische Mitarbeiterin bei der VHS München und am Theater tätig. Seit vielen Jahren gibt sie mörderische Kochkurse, in denen die Ess- und Trinkvorlieben von berühmten Privatdetektiven und Kommissaren aus der Kriminalliteratur aufgedeckt werden. Außerdem ist sie Organisatorin von Krimifestivals, Initiatorin von ›Bloody Cover‹, Herausgeberin von Krimianthologien und vertrat als Sprecherin viele Jahr das ›Syndikat‹, die Autorengruppe deutschsprachige Kriminalliteratur. Ihr Kurzkrimi »6 Uhr 23 – Guten Morgen, München« aus der Anthologie »München blutrot« war für den Friedrich-Glauser-Preis nominiert.

www.angelaesser.de

René Freund

Geboren am Valentinstag des Jahres 1967 in Wien. Lebt seit über 20 Jahren in Grünau im Almtal in Oberösterreich.

Zahlreiche Theaterstücke und Bücher, zuletzt: »Liebe unter Fischen« sowie »Mein Vater, der Deserteur« (beide Deuticke Verlag).

Mittlerweile in der 6. Auflage erschien in der Serie »Lesereisen« des Picus Verlags »Aus der Mitte – Skizzen aus dem Salzkammergut«, ein ebenso eigenwilliges wie liebevolles Porträt von Freunds Wahlheimat.

www.renefreund.net

Michael Gerwien

Aufgewachsen in Mittenwald, lebt seit 1972 in München. Neben diversen Kurzgeschichten veröffentlichte er seit 2011 bisher sieben humorvolle Kriminalromane um seinen Münchner Exkommissar Max Raintaler: »Alpengrollen«, »Isarbrodeln«, »Isarblues«, »Isarhaie«, »Mordswiesn«, »Alpentod« und »Andechser Tod«. Ebenso beim Gmeiner-Verlag erschienen »Raintaler ermittelt«, ein Band mit Rätsel-Krimis, sowie »Wer mordet schon am Chiemsee«, 12 kurze Krimis inklusive vieler Freizeittipps, und sein Roman »Jack Bänger« als E-Book. Auch schreibt und produziert Michael Gerwien Musik, hatte damit Fernsehauftritte und steht und stand damit im Studio und auf der Bühne, bis hin zu diversen Clubs an der Ostküste der USA.

www.mgerwien.de

Tatjana Kruse

Jahrgang 1960, lebt und arbeitet als überzeugte Krimiautorin in Schwäbisch Hall. Seit 1995 veröffentlicht sie Kriminalgeschichten, Romane und Sachbücher und arbeitet außerdem als Literaturübersetzerin. Aus ihrer Feder stammt z. B. die erfolgreiche Siggi-Seifferheld-Serie (Knaur), 2014 wurde der 5. Band dieser erfolgreichen Serie veröffentlicht. Zuletzt erschien als schräger Stand-alone »Grabt Opa aus!« (Haymon Verlag).

www.tatjanakruse.de

Beate Maxian

Die österreichische Bestsellerautorin wurde 1967 in München geboren, verbrachte ihre Kindheit in Bayern, Österreich und im arabischen Raum. Lebt und arbeitet als Autorin, Moderatorin und Journalistin in Oberösterreich und Wien. Veröffentlichte bisher zwei Sachbücher, ein Kinderbuch für UNICEF, zahlreiche Kurzkrimis in diversen Anthologien, neun Kriminalromane, zuletzt Band 4 der Sarah-Pauli-Krimiserie »Der Tote vom Zentralfriedhof« (Goldmann). Sie ist Co-Herausgeberin der Anthologie »Tatort Salzkammergut« und war Glauser-Preis-Jury-Organisatorin in der Sparte Roman. Intendantin und Begründerin des Krimi-Literatur-Festival .at (u. a. »Mörderischer Attersee«). Im Sommer 2014 wurde die von Beate Maxian und Erich Weidinger verfasste Krimikomödie »Nachbarleider« im österreichischen Salzkammergut uraufgeführt. Auszeichnungen: 2011 Krimistipendium Literaturhaus Wiesbaden »Trio Mortale«, 2013 Nominiert für den Leo-Perutz-Preis mit »Tod hinter dem Stephansdom«.

www.maxian.at

Karl Ploberger

Österreichs Biogärtner der Nation. Schon seit frühester Kindheit gehören die Themen »Blumen & Garten« zum Hauptinteresse von Karl Ploberger. Wissen durch Selbststudium, zahlreiche Vorträge und einer mittlerweile mehrere 1.000 Bücher umfassende Gartenbibliothek angeeignet. Schwerpunkte sind der »Biologische Gartenbau«, der »Naturgarten«, aber auch die Gartenkultur generell. Hier vor allem die Gartengestaltung in England. Mehr als 20 Buchveröffentlichungen zum Thema. Seit 1989 – Radio-Serie zum Thema Blumen und Pflanzen (jeweils am Vormittag in Radio OÖ), seit 1993 – TV-Gartentipps in der ORF-Sendung »OÖ-Heute« (19 Uhr, ORF2). Ab und zu schreibt er auch Krimis in Anthologien., wie z. B. in »Mords-Bescherung«.

www.biogaertner.at

Volker Raus

Geboren 1946 in Linz/Österreich. Studium der Erziehungswissenschaften und Geschichte. Abteilungsleiter beim ORF Oberösterreich. Über 50 TV-Dokumentationen, Moderator von mehr als tausend Rundfunksendungen. Ab 1990 selbstständiger Filmemacher, Journalist und Autor. Zahlreiche Auszeichnungen, darunter der Dr.-Ernst-Koref-Literatur-Förderungspreis der Stadt Linz, Filmpreis »New York Film Festival«, Kulturmedaille des Landes Oberösterreich. Seine letzten Romane »Freigang« und »Übertötung«.

www.volkerraus.at

Ernst Schmid

Geboren 1958 in Jenbach/Tirol. Kindheit und Jugend in Schärding. Hauptschullehrer. Wohnsitz Linz. Zahlreiche Gedichtbände und Kriminalromane, zuletzt »Das Himmelreich geht in die Luft,« (Kehrwasser Verlag). »Denk ermittelt in Linz« (Rätsel-Krimis, Gmeiner-Verlag). Er schreibt seit 2009 ständig Rätsel-Krimis für »Die Presse am Sonntag«. Beteiligung an mehreren Anthologien (z. B.: »Mords-Wasserkraft«, Gmeiner-Verlag, »Schneller als die Angst«, Jugendkurzkrimis bei Obelisk Verlag)

www.ernstschmid.at

Jutta Siorpaes

wurde in Weißenburg/Bayern geboren. Studium der Geschichte an der Universität Innsbruck, Promotion, Sprechausbildung, Drehbuchkurse in Innsbruck, Wien, Berlin. Journalistische Tätigkeit. Bücher im Berenkamp Verlag: »Als die Welt in Bewegung geriet«, »Wo ist die Leiche« – Kurzkrimis in mehreren Anthologien: z. B: »Mords-Bescherung«, Schneller als die Angst« (Obelisk Verlag), »Zwei Fremde«, »Mords-Wasserkraft« (Gmeiner) und in »Criminale-Anthologie« (Ars Vivendi Verlag). Jutta Siorpaes lebt in Tirol.

Hubert Zöllner

ist das Pseudonym eines österreichischen Autors, der sowohl medial als auch musikalisch seit Jahrzenten in der Szene aktiv tätig ist. Und immer wieder Geschichten für Anthologien verfasst. Zuletzt »Popstar stürzt in Zillertal Klamm – tot!« in »Mords-Zillertal« und »Ausgerutscht« in »Mords-Wasserkraft« (beide Gmeiner).

J. MAXIAN / E. WEIDINGER (HRSG.)
Mords-Wasserkraft

978-3-8392-1607-1 (Paperback)
978-3-8392-4501-9 (pdf)
978-3-8392-4500-2 (epub)

»Mörderisch gute Geschichten aus den Bergwelten von Kärnten, Salzburg und dem Zillertal.«

Österreichs imposante Bergwelt hat nicht nur schöne Seiten. Abseits der Pfade rund um seine Stauseen lauern so manche Gefahren und geschehen etliche Verbrechen. Verantwortlich dafür zeichnen sich zwölf namhafte Autorinnen und Autoren: Herbert Dutzler, Oskar Feifar, Nicola Förg, Michael Gerwien, Beate Maxian, Sigrid Neureiter, Claudia Rossbacher, Ernst Schmid, Jutta Siorpaes, Erich Weidinger, Susanne Wiegele und Hubert Zöllner. Allesamt Verbrecher auf dem Papier.

GMEINER SPANNUNG

WWW.GMEINER-VERLAG.DE
Wir machen's spannend

J. MAXIAN / E. WEIDINGER (HRSG.)
Mords-Zillertal

978-3-8392-1249-3 (Paperback)

»Eine mörderische Zusammenstellung fesselnder Geschichten aus dem Zillertal, die die Urlaubsregion von einer ganz neuen Seite zeigen …«

Das Zillertal ist wohl die bekannteste Tourismusregion in Österreich und somit Ziel zahlreicher Urlauber und Hobbywanderer. Doch diese Idylle hat auch ihre dunklen Seiten. Ob auf der Alm, beim Trachten-Volksfest, in den Skiregionen, beim Kraftwerk-Stausee, im rauschenden Wasser der Wildflüsse oder in den dunklen Schluchten des Tales …

14 Autorinnen und Autoren lassen den Leser in spannenden Kurzkrimis Teil haben an dem mörderischen Treiben der Talbewohner.

OSKAR FEIFAR
Zwergenaufstand

978-3-8392-1669-9 (Paperback)
978-3-8392-4615-3 (pdf)
978-3-8392-4614-6 (epub)

»Tratschen in Angst und Schrecken!«

150 Jahre Tratschen. Das muss gefeiert werden! Die Vorbereitungen laufen auf Hochtouren und wie bestellt kommt ein Wanderzirkus in den Ort. Alles scheint perfekt, bis ein Unwetter losbricht und alles gehörig durcheinanderwürfelt. Ein toter Zirkusdirektor, dessen Leiche verschwindet, mehrere Kleinwüchsige, die behaupten den Mann ermordet zu haben, eine Gruppe verschwundener Kinder und ein entlaufener Löwe verlangen Bezirksinspektor Strobel einiges ab.

SABINA NABER
Schwalbentod

978-3-8392-1679-8 (Paperback)
978-3-8392-4635-1 (pdf)
978-3-8392-4634-4 (epub)

»Daniela Mayer und Karl Maria Katz ermitteln in der Welt des Sports – dieses Mal im Spannungsfeld zwischen Tradition, Emotion und knallhartem Geschäft.«

Der wichtigste Sponsor des Wiener Fußballclubs AC Tröger Danube liegt nach einem Autounfall im Koma – eine Woche zuvor ist der ehemalige Zeugwart des Traditionsvereins unter mysteriösen Umständen vom Balkon gefallen. Dann stirbt auch noch der Sportdirektor, geknebelt mit Handtüchern des Clubs. Chefinspektor Katz und Gruppeninspektorin Mayer durchleuchten den Verein und geraten in einen Wirrwarr von alten Seilschaften und internationalen Machenschaften. Und dann gibt es da auch noch den mysteriösen Fan, der vehement gegen Betrügereien bei Matches vorgeht …

GMEINER SPANNUNG

WWW.GMEINER-VERLAG.DE
Wir machen's spannend

SIGRID NEUREITER
Dolomitenrot
Ein Krimi aus Südtirol
GMEINER

J. J. PREYER
Hassmord

978-3-8392-1681-1 (Paperback)
978-3-8392-4639-9 (pdf)
978-3-8392-4638-2 (epub)

»Ein psychologischer Kriminalroman voll Spannung und Tiefgang, der, auf der Jagd nach dem Mörder, tiefe Einblicke in das Seelenleben der beiden Ermittler gewährt.«

Norbert Schlader, der pensionierte Magistratsdirektor und dessen Geliebte werden in seinem Wochenendhaus erschossen. Christian Wolf und Chefinspektor Viktor Grimm verdächtigen anfangs den betrogenen Ehemann der Ermordeten. Doch die Ermittlungen geraten ins Stocken, als Wolf lebensgefährlich erkrankt und nur knapp überlebt. Sein Denken und Fühlen verändern sich durch diesen Einschnitt in sein Leben. Wolf sieht von da an die Welt und vor allem den Fall mit völlig neuen Augen …

GMEINER SPANNUNG

WWW.GMEINER-VERLAG.DE
Wir machen's spannend

RUPERT SCHÖTTLE
Querbrater

978-3-8392-1687-3 (Paperback)
978-3-8392-4651-1 (pdf)
978-3-8392-4650-4 (epub)

»Diesmal treiben sich Kajetan Vogel und Alfons Walz in einer Online-Agentur für Seitensprünge herum. Und sind erstaunt, wen sie dort alles treffen …«

Die Wiener Chefinspektoren Kajetan Vogel und Alfons Walz übernehmen den ungeklärten Mord an einer Dolmetscherin, die sich kurz vor ihrem Tod mit einigen Männern aus einer Online-Seitensprungagentur getroffen hatte. Während sich der leidenschaftliche Fremdgeher Vogel mit Begeisterung den Unwägbarkeiten einer Mitgliedschaft aussetzt und dabei überraschende Erkenntnisse gewinnt, sucht Walz in der persönlichen Umgebung des Mordopfers nach dem Mann, der Brigitte Neuberger den finalen Besuch abgestattet hatte.

WWW.GMEINER-VERLAG.DE
Wir machen's spannend

Das Neueste aus der Gmeiner-Bibliothek

Unsere Lesermagazine

Bestellen Sie das kostenlose KrimiJournal in Ihrer Buchhandlung oder unter www.gmeiner-verlag.de

Informieren Sie sich ...

www ... auf unserer Homepage:
www.gmeiner-verlag.de

@ ... über unseren Newsletter:
Melden Sie sich für unseren Newsletter an unter www.gmeiner-verlag.de/newsletter

f ... werden Sie Fan auf Facebook:
www.facebook.com/gmeiner.verlag

Mitmachen und gewinnen!

Schicken Sie uns Ihre Meinung zu unseren Büchern per Mail an gewinnspiel@gmeiner-verlag.de und nehmen Sie automatisch an unserem Jahresgewinnspiel mit »mörderisch guten« Preisen teil!

GMEINER SPANNUNG

WWW.GMEINER-VERLAG.D

Wir machen's spannen